D1620865

全新開始學日語
JAPANESE FOR EVERYONE

本書的結構和使用方法

《全新開始！學日語》的結構如下所述；
全書一共14個單元，每個單元由【單字、核心文法、核心文法練習、實戰會話、練習題及最後每課不同的輔助單元】所組成，透過如此階段性學習的方式，幫助學習者奠定札實的日語基礎。

本書尚有附件：
①【假名、單字及例句】書寫練習的筆記本。
②【單字、會話】小整理的迷你手冊。

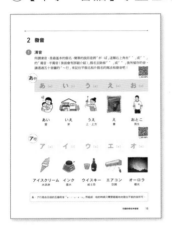

日語的 文字與發音

一起學習日語的基礎－假名與發音吧！假名的部分依行別將平假名及片假名同步列出，並透過列舉的單字加以熟悉，一次清楚學好清音、濁音、半濁音、拗音等發音。此外，在假名篇結束之後，便開始針對簡單的基本問候做簡單、快速的學習，以便與後面的課程接軌。

單元首頁

本頁介紹單元主題及即將會學到的重點文法。

單字

正式開始學習前，先一起搭配圖片學習之後會用到的單字吧！

核心文法

藉由對話中的句子來學習核心文法。也別忘了要一起記住有助於學習的 tip 喔！

核心文法練習

透過靈活運用核心文法的各種例句來熟悉日語的表達方式，藉由反覆覆誦來練習。

實戰會話

藉由靈活運用前面學到的文法和單字的會話來培養實戰感。MP3 音檔部分則提供了兩種版本，分別為慢速朗讀和正常速朗讀。

練習題

請一邊解題一邊確認在各UNIT學過的內容。

〈每課不同的其他補充單元〉

這句話的常體說法是什麼呢？

日語的常體（非敬語）該怎麼說呢？再進入下一個學習章節前，先稍微看一下吧！

更多補充學習

這部分整理收錄了更多的學習內容。請不要忽略，紮紮實實地學習吧！

日本文化小故事

講述日本文化中簡明有趣小故事或小知識，請以輕鬆愉快的心情來閱讀。

練習題解答篇

整理了練習題的答案和聽力題的對話內容。

其他說明

1. 為了讓初學者們在入門時不吃力，從日語的假名及發音到UNIT 05為止都不使用漢字。

2. 從UNIT 06開始出現漢字，並以假名來標示發音。

3. 利用QR碼線上MP3音檔來學習正確的發音。

4. 為了提升對日語句子結構的理解力，在每個文節（獨立有意義的句構處）都會空開半格，以助學習者清楚了解。

學習附件

假名、單字練習簿 ＋ 句型練習簿

前後內容不同的雙重學習手冊！透過前面的假名、單字練習簿來熟悉日語的假名。利用後面的句型練習簿來複習學習內容。每學完一個UNIT，就以該章節對應的練習本內容加以練習。

迷你筆記本

適合隨身攜帶，將本書中出現過的主要單字和會話加以整理收錄。此外還收錄了到日本旅行時派得上用場的單字和句子，一定要好好利用喔！

QR碼線上音檔

收錄了學習日語所需的MP3音檔。可以在書名頁掃描一次性下載全書音檔及電腦使用，亦可隨刷隨聽，相當便利。

目錄

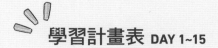

學習計畫表 DAY 1~15

以28天為基準來規劃的學習計畫表，
請確認一下每天的學習記錄喔！

DAY 1	DAY 2	DAY 3
文字和發音 1	**文字和發音 2**	**文字和發音 3**
☐ 本書 p13~p26 ☐ 假名、單字練習簿 p2~p23	☐ 本書 p27~p32 ☐ 假名、單字練習簿 p24~p39	☐ 本書 p33~p38 ☐ 假名、單字練習簿 p40~p41
DAY 4	**DAY 5**	**DAY 6**
複習	**UNIT 01**	**UNIT 02**
☐ 本書 p13~p38	☐ 本書 p39~p50 ☐ 假名、單字練習簿 p42 ☐ 句型練習簿 p2~p5	☐ 本書 p51~p62 ☐ 假名、單字練習簿 p43 ☐ 句型練習簿 p6~p9
DAY 7	**DAY 8**	**DAY 9**
複習	休息	**UNIT 03**
☐ 本書 p39~p62		☐ 本書 p63~p74 ☐ 假名、單字練習簿 p44 ☐ 句型練習簿 p10~p13
DAY 10	**DAY 11**	**DAY 12**
UNIT 04	**複習**	**UNIT 05**
☐ 本書 p75~p86 ☐ 假名、單字練習簿 p45 ☐ 句型練習簿 p14~p17	☐ 本書 p63~p86	☐ 本書 p87~p98 ☐ 假名、單字練習簿 p46 ☐ 句型練習簿 p18~p21
DAY 13	**DAY 14**	**DAY 15**
UNIT 06	**複習**	休息
☐ 本書 p99~p110 ☐ 假名、單字練習簿 p47 ☐ 句型練習簿 p22~p25	☐ 本書 p87~p110	

學習計畫表 DAY 16~28

DAY 16	DAY 17	DAY 18
UNIT 07	**UNIT 08**	複習
☐ 本書 p111~p122 ☐ 假名、單字練習簿 p48 ☐ 句型練習簿 p26~p29	☐ 本書 p123~p134 ☐ 假名、單字練習簿 p49 ☐ 句型練習簿 p30~p33	☐ 本書 p111~p134

DAY 19	DAY 20	DAY 21
UNIT 09	**UNIT 10**	複習
☐ 本書 p135~p146 ☐ 假名、單字練習簿 p50 ☐ 句型練習簿 p34~p37	☐ 本書 p147~p158 ☐ 假名、單字練習簿 p51 ☐ 句型練習簿 p38~p41	☐ 本書 p135~p158

DAY 22	DAY 23	DAY 24
休息	**UNIT 11**	**UNIT 12**
	☐ 本書 p159~p170 ☐ 假名、單字練習簿 p52 ☐ 句型練習簿 p42~p45	☐ 本書 p171~p182 ☐ 假名、單字練習簿 p53 ☐ 句型練習簿 p46~p49

DAY 25	DAY 26	DAY 27
複習	**UNIT 13**	**UNIT 14**
☐ 本書 p159~p182	☐ 本書 p183~p194 ☐ 假名、單字練習簿 p54 ☐ 句型練習簿 p50~p53	☐ 本書 p195~p206 ☐ 假名、單字練習簿 p55 ☐ 句型練習簿 p54~p57

DAY 28		
複習		
☐ 本書 p183~p206		

日語的假名及發音

學 習 內 容

- 文字及發音 1：假名
- 文字及發音 2：發音
- 文字及發音 3：基本招呼用語

1 假名

1 平假名

1_001 MP3

平假名是組成日語的基本音節字母，它是從漢字演化而來的。以前有50個，現在已減少為46個。其中「ん」不屬於原本的五十音圖中，它是後來為了使發音方式能夠更加地豐富多元而衍生出來的假名。

> 五十音圖　是指將假名以「行」和「段」作排序方式所呈現出來的圖表，共有10個「行」及5個「段」。

段／行	あ段 a	い段 i	う段 u	え段 e	お段 o
あ行 a	あ a	い i	う u	え e	お o
か行 ka	か ka	き ki	く ku	け ke	こ ko
さ行 sa	さ sa	し shi	す su	せ se	そ so
た行 ta	た ta	ち chi	つ tsu	て te	と to
な行 na	な na	に ni	ぬ nu	ね ne	の no
は行 ha	は ha	ひ hi	ふ fu	へ he	ほ ho
ま行 ma	ま ma	み mi	む mu	め me	も mo
や行 ya	や ya		ゆ yu		よ yo
ら行 ra	ら ra	り ri	る ru	れ re	ろ ro
わ行 wa	わ wa				を wo
	ん n (N)				

② 片假名

片假名與平假名的寫法就有些不太一樣，但有些假名很像是平假名的雙胞胎。片假名跟平假名一樣大多從漢字演化而來，特徵就是字形比較有稜有角，主要用來標示擬聲語、擬態語或需要特別強調的單字，亦常用於外來語、商品名和廣告文宣…等。

段 行	ア段 a	イ段 i	ウ段 u	エ段 e	オ段 o
ア行 a	ア a	イ i	ウ u	エ e	オ o
カ行 ka	カ ka	キ ki	ク ku	ケ ke	コ ko
サ行 sa	サ sa	シ shi	ス su	セ se	ソ so
タ行 ta	タ ta	チ chi	ツ tsu	テ te	ト to
ナ行 na	ナ na	ニ ni	ヌ nu	ネ ne	ノ no
ハ行 ha	ハ ha	ヒ hi	フ fu	ヘ he	ホ ho
マ行 ma	マ ma	ミ mi	ム mu	メ me	モ mo
ヤ行 ya	ヤ ya		ユ yu		ヨ yo
ラ行 ra	ラ ra	リ ri	ル ru	レ re	ロ ro
ワ行 wa	ワ wa				ヲ wo
	ン n (N)				

3 漢字

除了平假名和片假名之外，日語的文字也包含了源自於中華的漢字。日語中使用了筆畫較為精簡的簡化漢字，其讀法相當多樣法，分成音讀、訓讀…等等。

（1） 簡化漢字

日語漢字的一部分跟台灣中文的漢字一樣是繁體字，另一部分則是日語內通用的簡化漢字。

	台灣繁體字	日本簡化漢字
學校	學校	学校
台灣	台灣	台湾

（2） 訓讀與音讀

日語漢字的讀法分成兩種，一種是依詞意來讀的「訓讀」，另一種則是模仿中文漢字的讀音來讀的「音讀」。日語的漢字往往會因為詞義或音、訓讀的不同而有多種讀法。例如：

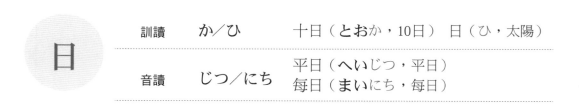

日	訓讀	か／ひ	十日（とおか，10日） 日（ひ，太陽）
	音讀	じつ／にち	平日（へいじつ，平日） 毎日（まいにち，每日）

2　發音

1　清音

所謂清音，是最基本的假名。簡單的說即是將「が、ぱ」這類右上角有「 ゛」或「 ゜」的「濁音、半濁音（後面會有詳細介紹）」假名去除掉「 ゛」或「 ゜」後所留存的音。請透過五十音圖的「～行」來記住平假名和片假名的寫法和發音吧！

1_003 MP3

あ行

あ [a]	い [i]	う [u]	え [e]	お [o]
あい 愛	いえ 家	うえ 上、上方	え 畫	おとこ 男生

1_004 MP3

ア行

ア [a]	イ [i]	ウ [u]	エ [e]	オ [o]
アイスクリーム 冰淇淋	インク 墨水	ウイスキー 威士忌	エアコン 空調	オーロラ 極光

> あ、ア行是由日語的五個母音「a、i、u、e、o」所組成，唸的時候只需要輕輕地地發出平板的音即可。

日語的假名及發音

1_005 MP3

か行

か〔ka〕　き〔ki〕　く〔ku〕　け〔ke〕　こ〔ko〕

かき　　**きく**　　**くま**　　**けむり**　　**こえ**
柿子　　　菊花　　　熊　　　　煙　　　（生物的）聲音

1_006 MP3

カ行

カ〔ka〕　キ〔ki〕　ク〔ku〕　ケ〔ke〕　コ〔ko〕

カメラ　　**キー**　　**クリーム**　　**ケーキ**　　**コーヒー**
相機　　　鑰匙　　（美容用）霜；奶油　　蛋糕　　咖啡

這部分是由「子音 k」搭配「a、i、u、e、o」組成，輕輕地發出平板的聲音即可。

16

さ行

さ〔sa〕	し〔shi〕	す〔su〕	せ〔se〕	そ〔so〕

さけ	**しか**	**すし**	**せき**	**そら**
酒	鹿	壽司	位子、座位	天空

サ行

サ〔sa〕	シ〔shi〕	ス〔su〕	セ〔se〕	ソ〔so〕

サウナ	**シーソー**	**ステーキ**	**セーター**	**ソファー**
三溫暖	蹺蹺板	牛排	毛衣	沙發

> 這部分是由「子音 s」搭配「a、i、u、e、o」組成,輕輕地發出平板的聲音即可。但請注意「し」的羅馬拼音是例外,為「sh」+「i」。

日語的假名及發音

1_009 MP3

た行

た〔ta〕　ち〔chi〕　つ〔tsu〕　て〔te〕　と〔to〕

たこ	ちち	つき	て	とお
章魚	爸爸、父親	月亮	手	10、十

1_010 MP3

タ行

タ〔ta〕　チ〔chi〕　ツ〔tsu〕　テ〔te〕　ト〔to〕

タイ	チキン	ツナミ	テント	トマト
泰國	炸雞	海嘯	帳篷	番茄

這部分是由「子音 t」搭配「a、i、u、e、o」組成，輕輕地發出平板的聲音即可。請注意「ち」是念「chi」的音，而「つ」是念「tsu」的音。

な 行

1_011 MP3

な 〔na〕	に 〔ni〕	ぬ 〔nu〕	ね 〔ne〕	の 〔no〕

なな	**にく**	**ぬいぐるみ**	**ねこ**	**のり**
7、七	肉	布娃娃	貓	海苔

ナ 行

1_012 MP3

ナ 〔na〕	ニ 〔ni〕	ヌ 〔nu〕	ネ 〔ne〕	ノ 〔no〕

ナイフ	**テニス**	**ヌーン**	**ネクタイ**	**ノート**
刀	網球	正午、午後	領帶	筆記本

編註 單字「ヌーン」雖為「正午、午後」之意。但此表現只能用於「店名、口號」等文宣上，口語談論時間段時，不適合應用此單字。

這部分是由「子音 n」搭配「a、i、u、e、o」組成，輕輕地發出平板的聲音即可。

1_013 MP3

は行

は〔ha〕	ひ〔hi〕	ふ〔fu〕	へ〔he〕	ほ〔ho〕

はは	ひと	ふね	へそ	ほし
媽媽、母親	人	船	肚臍	星

1_014 MP3

ハ行

ハ〔ha〕	ヒ〔hi〕	フ〔fu〕	ヘ〔he〕	ホ〔ho〕

ハート	ヒーロー	フルーツ	ヘア	ホテル
愛心	英雄	水果	髮型	飯店

> 這部分是由「子音 h」搭配「a、i、u、e、o」組成，輕輕地發出平板的聲音即可。請注意「ふ」是念「fu」的音。

ま行

1_015 MP3

| ま〔ma〕 | み〔mi〕 | む〔mu〕 | め〔me〕 | も〔mo〕 |

| **まえ** | **みせ** | **むし** | **めし** | **もち** |
| 前面 | 店鋪 | 蟲 | 飯 | 麻糬 |

マ行

1_016 MP3

| マ〔ma〕 | ミ〔mi〕 | ム〔mu〕 | メ〔me〕 | モ〔mo〕 |

| **マスク** | **ミルク** | **ムース** | **メモ** | **モスクワ** |
| 口罩 | 牛奶 | 慕斯 | 筆記 | 莫斯科 |

這部分是由「子音 m」搭配「a、i、u、e、o」組成，輕輕地發出平板的聲音即可。

1_017 MP3

や行

| や〔ya〕 | ゆ〔yu〕 | よ〔yo〕 |

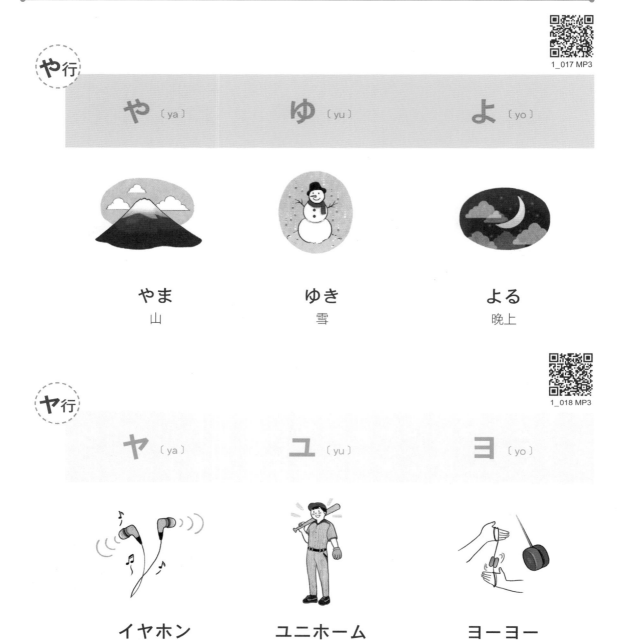

やま
山

ゆき
雪

よる
晚上

1_018 MP3

ヤ行

| ヤ〔ya〕 | ユ〔yu〕 | ヨ〔yo〕 |

イヤホン
耳機

ユニホーム
（運動、公司等同一性的）制服

ヨーヨー
溜溜球

編註 校園裡學生們穿的「制服」是「せいふく」。

這部分是由「子音 y」搭配「a、u、o」組成，輕輕地發出平板的聲音即可。請注意這行只有三個假名。

ら行

1_019 MP3

| ら〔ra〕 | り〔ri〕 | る〔ru〕 | れ〔re〕 | ろ〔ro〕 |

| **らいねん** | **あり** | **はる** | **はれ** | **ろうか** |
| 明年 | 螞蟻 | 春天 | 晴朗 | 走廊 |

ラ行

1_020 MP3

| ラ〔ra〕 | リ〔ri〕 | ル〔ru〕 | レ〔re〕 | ロ〔ro〕 |

| **ラーメン** | **イタリア** | **ルーム** | **レモン** | **ロシア** |
| 拉麵 | 義大利 | 房間 | 檸檬 | 俄羅斯 |

> 這部分是由「子音 r」搭配「a、i、u、e、o」組成，輕輕地發出平板的聲音即可。

1_021 MP3

わ行與 ん

わ〔wa〕	を〔wo〕	ん〔n（N）〕

わに
鱷魚

ほんを よむ
看書

みかん
橘子

1_022 MP3

ワ行與 ン

ワ〔wa〕	ヲ〔wo〕	ン〔n（N）〕

ワイン
紅酒

ワンワン
汪汪

「わ行」有「わ、を」兩個假名。「を」的發音雖然跟あ行的「お」一樣，但寫法卻不同，而且只能當受詞的助詞而已，應用上請多注意。

2 濁音

在清音「た行、さ行、か行、は行」這四行假名的右上角加上濁點「ﾞ」後，就形成了濁音。舉例來說，「か [ka]」加上濁點，就成了「が [ga]」，隨著「k音」變成「g音」，發音也就變得柔和。

1_023 MP3

が行	が〔ga〕	ぎ〔gi〕	ぐ〔gu〕	げ〔ge〕	ご〔go〕
	がか	くぎ	かぐ	げた	ごご
	畫家	釘子	家具	木屐	午後

1_024 MP3

ガ行	ガ〔ga〕	ギ〔gi〕	グ〔gu〕	ゲ〔ge〕	ゴ〔go〕
	ガム	ギフト	グラス	ゲーム	ゴルフ
	口香糖	禮物	玻璃杯	遊戲	高爾夫

1_025 MP3

ざ行	ざ〔za〕	じ〔ji〕	ず〔zu〕	ぜ〔ze〕	ぞ〔zo〕
	ざる	じしん	みず	かぜ	ぞう
	篩籃	地震	水	風	大象

1_026 MP3

ザ行	ザ〔za〕	ジ〔ji〕	ズ〔zu〕	ゼ〔ze〕	ゾ〔zo〕
	ブザー	ジーンズ	ズボン	ゼロ	ゾーン
	警報器	牛仔褲	褲子	0、零	地區

1_027 MP3

だ行	だ〔da〕	ぢ〔ji〕	づ〔zu〕	で〔de〕	ど〔do〕
	だいがく 大學	はなぢ 鼻血	こづつみ 包裹	そで 袖	かど 角、隅

1_028 MP3

ダ行	ダ〔da〕	ヂ〔ji〕	ツ〔zu〕	デ〔de〕	ド〔do〕
	ダンス 跳舞			デート 約會	ドア 門

1_029 MP3

ば行	ば〔ba〕	び〔bi〕	ぶ〔bu〕	べ〔be〕	ぼ〔bo〕
	ばら 玫瑰	えび 蝦子	ぶた 豬	なべ 鍋子	ぼうし 帽子

1_030 MP3

バ行	バ〔ba〕	ビ〔bi〕	ブ〔bu〕	ベ〔be〕	ボ〔bo〕
	バナナ 香蕉	ビール 啤酒	ブーツ 靴	ベルト 帶子	ボール 球

3 半濁音

半濁音，指的是在清音中，「は行」裡的五個假名的右上角加上半濁點「 ゜」，使發音發出「p」的聲音。

1_031 MP3

ぱ行	ぱ 〔pa〕	ぴ 〔pi〕	ぷ 〔pu〕	ぺ 〔pe〕	ぽ 〔po〕
	かんぱい	えんぴつ	しんぷ	もんぺ	さんぽ
	乾杯	鉛筆	新娘	燈籠褲	散步

1_032 MP3

パ行	パ 〔pa〕	ピ 〔pi〕	プ 〔pu〕	ペ 〔pe〕	ポ 〔po〕
	パリ	ピンク	プリン	ページ	ポスト
	巴黎	粉紅色	布丁	網頁；頁	郵筒

1_033 MP3

4 拗音

五十音圖中除了「い」以外，「i 段（き、し、ち、に、ひ、み、り）」的這些假名可以和「や行（や、ゆ、よ）」連在一起讀，而形成「拗音」。念拗音時，や、ゆ、よ的字形大小會縮小一半，緊緊貼附在前一個字的右邊。舉例來說，「き」加上小「や」，就成了「きゃ」，發音則變成「k + ya = kya」，形成了新的發音。

きゃ [kya]	きゅ [kyu]	きょ [kyo]	キャ [kya]	キュ [kyu]	キョ [kyo]
ぎゃ [gya]	ぎゅ [gyu]	ぎょ [gyo]	ギャ [gya]	ギュ [gyu]	ギョ [gyo]
しゃ (sya) [sha]	しゅ (syu) [shu]	しょ (syo) [sho]	シャ (sya) [sha]	シュ (syu) [shu]	ショ (syo) [sho]
じゃ (jya) [ja]	じゅ (jyu) [ju]	じょ (jyo) [jo]	ジャ (jya) [ja]	ジュ (jyu) [ju]	ジョ (jyo) [jo]
ちゃ (cya) [cha]	ちゅ (cyu) [chu]	ちょ (cyo) [cho]	チャ (cya) [cha]	チュ (cyu) [chu]	チョ (cyo) [cho]
にゃ [nya]	にゅ [nyu]	にょ [nyo]	ニャ [nya]	ニュ [nyu]	ニョ [nyo]
ひゃ [hya]	ひゅ [hyu]	ひょ [hyo]	ヒャ [hya]	ヒュ [hyu]	ヒョ [hyo]
びゃ [bya]	びゅ [byu]	びょ [byo]	ビャ [bya]	ビュ [byu]	ビョ [byo]
ぴゃ [pya]	ぴゅ [pyu]	ぴょ [pyo]	ピャ [pya]	ピュ [pyu]	ピョ [pyo]
みゃ [mya]	みゅ [myu]	みょ [myo]	ミャ [mya]	ミュ [myu]	ミョ [myo]
りゃ [rya]	りゅ [ryu]	りょ [ryo]	リャ [rya]	リュ [ryu]	リョ [ryo]

 【しゃ、じゃ、ちゃ】三行的羅馬音，（ ）指的是合其邏輯的標音法，[ ]指的是一般通用的標音法。

1_034 MP3

5 促音

「た行」的「つ」的縮小後更形成促音。「っ」會跟緊接在後方的子音發出同一個音，且停頓一拍。

（1）**「っ」**在「か行」的假名前發「k」的音

さっか [sakka] 作家	がっこう [gakkou] 學校

（2）**「っ」**在「さ行」的假名前發「s」的音

ざっし [zasshi] 雜誌	ねっしん [nesshin] 熱情、積極

（3）**「っ」**在「た行」的假名前發「t」的音

なっとう [nattou] 納豆	まって [matte] 等一下

（4）**「っ」**在「ぱ行」的假名前發「p」的音

いっぽ [ippo] 一步	いっぱい [ippai] 滿滿的

1_035 MP3

6 撥音

撥音，指的是「ん」會隨著後方的假名不同，子音跟著改變的情況。跟促音一樣停頓一拍。

（1） 「ん」在 **「ま、ば、ぱ行」** 的假名前發「m」的音

さんま [samma] 秋刀魚	しんぶん [shimbuN] 報紙
えんぴつ [empitsu] 鉛筆	さんぽ [sampo] 散步

（2） 「ん」在 **「さ、ざ、た、だ、な、ら行」** 前發「n」的音

せんせい [sensei] 老師	はんたい [hantai] 反對
みんな [minna] 全、都	かんり [kanri] 管理

（3） 「ん」在 **「か、が行」** 前發「ŋ」的音

てんき [teŋki] 天氣	まんが [maŋga] 漫畫

（4） 「ん」在 **「あ、は、や、わ行」** 前或者在字尾的話，發音會「介於N（[n]和[ng]中間的音）」中間

れんあい [reNai] 戀愛	ほんや [hoNya] 書店
でんわ [deNwa] 電話	ほん [hoN] 書

編註 上述的撥音說明是語言學範疇中較為細部的發音說明。初學階段時，建議只要想著將撥音的「ん」唸出「n」的音即可。

⑦ 長音

在日語中，當兩個以上的母音相連接時，前一個母音的發音就會拉長，此即為長音，有許多單字都符合長音的條件。

● 平假名的長音

（1） 當「a 段」的假名後面接假名「あ」時

> おかあさん [oka：saN] 媽媽、母親　　おばあさん [oba：saN] 奶奶

（2） 當「i 段」的假名後面接假名「い」時

> おにいさん [oni：saN] 哥哥　　おじいさん [oji：saN] 爺爺

（3） 當「u 段」的假名後面接假名「う」時

> すうがく [su：gaku] 數學　　くうき [ku：ki] 空氣

（4） 當「e 段」的假名後面接假名「え、い」時

> おねえさん [one：saN] 姊姊　　とけい [toke：] 時鐘

（5） 當「o 段」的假名後面接假名「お、う」時

> とおい [to：i] 遠的　　おとうさん [oto：saN] 爸爸、父親

● 拗音的長音

當拗音後面接「う」就構成拗音的長音。此時,拗音的發音要再延長一拍。

きょう [kyou] 今天　　　やきゅう [yakyuu] 棒球

● 片假名的長音

片假名的長音的發音規則相同與平假名相同,連字號以「—」來表示。

コーヒー [koːhiu] 咖啡　　　ニュース [nyuusu] 新聞

編註 33~34頁的長音中標記的「ː」及「N」符號說明是語言學範疇中較為細部的發音說明。初學階段時,長音的假名標示建議按原假名的音標上即可。(例:おかあさん [okaasan]、とけい [tokei] 等等。)

3 基本招呼用語

● 見面

1_037 MP3

日語的早安、午安跟晚安的唸法不同。

おはようございます。
（用於長輩、陌生人等需要禮貌應對的對象）早安。

おはよう。 （用於與熟人的應對）早安。

こんにちは。 午安；（白天時）您好。
こんにちは。 午安；（白天時）您好。

こんばんは。 晚安。
こんばんは。 晚安。

道別

1_038 MP3

じゃあね。 拜啦！

また あした。 明天見！

+ 「さようなら」是知道將會很久不見面時才說的道別語。

おさきに しつれいします。 我先走了。

おつかれさまでした。 您辛苦了。

編註 例句中的「おつかれさまでした。」是下屬對上司（晚輩對長輩）說的慰勞用語；如果是上司對下屬（長輩對晚輩）說慰勞用語的話，則是「ごくろうさまでした。」，使用場合別弄錯囉！

おやすみなさい。 （就寢前）晚安！

おやすみ。 （就寢前）晚安！

1_039 MP3

おめでとうございます。（祝福）恭喜！

ありがとうございます。謝謝！

どうぞ。請收下！

どうも ありがとうございます。太感謝了！

✦ 「どうぞ」一詞通常是「務必」的概念，但是像這例句在贈送某物給人的情況下時，通常是指「務必（收下）」，同時也已含有「（收下）」的意思了。

すみません。對不起！

いいえ、だいじょうぶです。不，沒關係！

✦ 「すみません」也可以在跟別人搭話或表達感謝時使用。
「ごめんなさい」也是表達歉意時的用語，而當兩個人的關係熟稔時，則可簡略說成「ごめん」。

● 其他

1_040 MP3

いただきます。
我要開動了。

ごちそうさまでした。
謝謝招待。

いってきます。 我出門了。

いってらっしゃい。 路上小心、慢走。

ただいま。 我回來了！

おかえりなさい。 妳回來啦！

01
UNIT

わたしは
がくせいです。

我是學生。

學 習 內 容

- 人稱代名詞
- 是～　　　　～は ～です
- 不是～　　　～じゃ（では）ありません
- 是～嗎?　　～ですか
- 這裡（位）／那裡（位）／那裡（位）／哪裡（位）
  こちら / そちら / あちら / どちら
- ～的　　　～の

請看圖預習本課之後將會用到的單字。

1_041 MP3

がくせい
學生

せんせい
老師

かいしゃいん
公司職員

たいわんじん
台灣人

にほんじん
日本人

アメリカじん
美國人

りんご
蘋果

いちご
草莓

くだもの
水果

核心文法

1 　わたしは がくせいです。

我是學生。

1_042 MP3

✓ 人稱代名詞

日語的第一人稱代名詞「我」大多用「わたし」來表示。
第二人稱代名詞的「あなた」主要於妻子稱呼丈夫時應用，在稱呼對方時，日本語的習慣會直接稱呼對方的「姓名＋さん（さま）」。
第三人稱代名詞有「かのじょ」跟「かれ」兩種，前者指的是女性的「她」，後者指的是男性的「他」。但額外要注意的事，這兩個詞又各自帶有「女朋友」和「男朋友」的意思喔！

第一人稱代名詞	第二人稱代名詞	第三人稱代名詞
わたし 我	**あなた** 你、老公	**かのじょ** 她
		かれ 他

✓ 〜は 〜です 是〜

本句型中的「〜は」是主格助詞，請注意此時的發音會從原本的 [ha] 變成 [wa]。
「です」的前面接名詞，可表示「是〜（的意思）」，「です」是敬體，這樣的表達比較有禮貌。

わたしは リシケツです。
我是李志傑。

かれは たいわんじんです。
他是台灣人。

かのじょは かいしゃいんです。
她是公司職員。

! TIP

男性自稱時，也可用第一人稱代名詞的「ぼく（我）」或「おれ（我）」，前者不分親疏禮儀關係，跟誰講話都可以使用「ぼく」；但「おれ」是具有很粗魯的語感，只能用在很熟的人而已喲。
稱呼對方時，也可用第二人稱代名詞的「きみ（你）」或「おまえ（你）」，但請注意由於這兩個詞都是不太禮貌或甚至於有粗俗的語感，所以只能用來稱呼晚輩或關係要好的人。

! TIP

日語句子中，句號會用「。」，逗號則用「、」。這兩個點與中文不一樣喔！請注意。此外，一般來說日語也只會用到這兩種標點符號而已。

2 **にほんじんじゃ ありません。**
我不是日本人。

1_043 MP3

☑ **〜じゃ(では) ありません** 不是〜

日語中，否定句的「不是〜」是在名詞後面接「じゃ ありません」或「では ありません」。「では ありません」主要用於書面體，語感上會比較生硬，「じゃ ありません」則普遍用於日常生活的口語中。

たなかさんは がくせいじゃ(では) ありません。
田中先生不是學生。

トマトは くだものじゃ(では) ありません。
番茄不是水果。

> **❗ TIP**
>
> 日語中的「さん」同時具有「先生、小姐」之意（男女通用的稱呼），一般是直接接在對方的姓名後方。

> **★ 單字**
>
> にほんじん 日本人
> がくせい 學生
> トマト 番茄
> くだもの 水果

3 **リさんも にほんじんですか。**
李先生也是日本人嗎？

1_044 MP3

☑ **〜ですか** 是〜嗎？

詢問「是〜嗎？」時，在「です」後面接上「か」即可。請注意日語的疑問句並不使用問號，也是直接在「か」後面接上「。」就可以了，「か」就已經代表了疑問的語句，發話時請記得尾音要上揚。回答提問時，開頭的發語詞以「はい」表示「是（的）」，以「いいえ」表示「不是」。

A: かのじょも がくせいですか。 她也是學生嗎？

B1: はい、かのじょも がくせいです。 是的，她也是學生。

B2: いいえ、かのじょは がくせいじゃ ありません。
不，她不是學生。

> **❗ TIP**
>
> 「も」是表示「也」意思的助詞。

> **★ 單字**
>
> かのじょ 她、女朋友

4 　こちらは　スミスさんです。
這位是史密斯先生。

1_045 MP3

✅ こちら / そちら / あちら / どちら 這裡（位）、那裡（位）、那裡（位）、哪裡（位）

こちら(＝こっち)	這裡、那位	離說話者近的那一邊，或位於那一邊的人
そちら(＝そっち)	那裡、那位	離聽者近的那一邊，或位於那一邊的人
あちら(＝あっち)	那裡、那位	離聽、說者都很遠的那一邊，或位於那一邊的人
どちら(＝どっち)	哪裡、哪位	在大範圍裡的某一邊，或其中某一人

トイレは　こちらです。 洗手間在這裡。

こちらは　やまださんです。 這位是山田先生。

こちらは　にほんじんで、かいしゃいんです。
這位是日本人，是公司職員。

> **❗ TIP**
> 「こちら」是用來表示方向「這裡」的指示代名詞，在介紹他人時也能用來表示「這位、這個人」的意思。

> **❗ TIP**
> 想把兩個句子連結成一個句子時，前方的句子可以用「で」將句子隔開（形容逗點的概念），後方的句子再用「です」結尾。

> **⭐ 單字**
> トイレ 洗手間
> かいしゃいん 公司職員

5 　えいごの　せんせいです。
是英文（的）老師。

1_046 MP3

✅ 〜の 〜的

「〜の」是表示「〜的」的助詞，即所有格。用於連結兩個名詞，依情況不同，有時候可以省略。

わたしの　なまえは　リシケツです。 我的名字是李志傑。

たなかさんは　おんがくの　せんせいです。
田中先生是音樂老師。

> **❗ TIP**
> 當兩個名詞結合成一個具有新的意義的名詞時，這時就可以省略「〜の」。
> やきゅう(棒球)・せんしゅう(選手)
> → やきゅうせんしゅう(棒球選手)

> **⭐ 單字**
> えいご 英文　せんせい 老師
> なまえ 名字　おんがく 音樂

📝 核心文法練習

⚬ 請用「〜は 〜です」的句型來練習下列的句子。

1_047 MP3

わたしは　がくせいです。
我是學生。

かのじょは　べんごしです。
她是律師。

こちらは　たなかさんです。
這位是田中先生

さるは　どうぶつです。
猴子是動物。

★ 單字

わたし	我
がくせい	學生
かのじょ	她、女朋友
べんごし	律師
こちら	這邊、這位
〜さん	〜先生、〜小姐
さる	猴子
どうぶつ	動物

⚬ 請用「〜じゃ ありません」的句型來練習下列的句子。

1_048 MP3

わたしは　がくせいじゃ　ありません。
我不是學生。

すずきさんは　せんせいじゃ　ありません。
鈴木先生不是老師。

かれは　かいしゃいんじゃ　ありません。
他不是公司職員。

トマトは　くだものじゃ　ありません。
番茄不是水果。

★ 單字

せんせい	老師
かれ	他、男朋友
かいしゃいん	公司職員
トマト	番茄
くだもの	水果

○ 請用「～ですか」的句型來練習下列的句子。

1_049 MP3

A: あなたは　がくせいですか。

你是學生嗎？

B: はい、わたしは　がくせいです。

是的，我是學生。

A: たなかさんも　がくせいですか。

田中先生也是學生嗎？

B: いいえ、たなかさんは　がくせいじゃ　ありません。

不是，田中先生不是學生。

★ 單字

あなた 你

～も ～也

○ 請用「～の」的句型來練習下列的句子。

1_050 MP3

わたしの　なまえは　リシケツです。

我的名字是李志傑。

スミスさんは　わたしの　ともだちです。

史密斯先生是我的朋友。

スミスさんは　おとこの　ひとです。

史密斯先生是男人。

スミスさんは　えいごの　せんせいです。

史密斯先生是英文老師。

★ 單字

～の ～的

なまえ 名字

ともだち 朋友

おとこ 男性

ひと 人

えいご 英文

實戰會話

なかた　スミスさん、こちらは　リシケツさんです。
　　　　わたしの　ともだちです。

スミス　はじめまして。スミスです。
　　　　どうぞ、よろしく　おねがいします。

リ　　　はじめまして。リシケツです。わたしは　がくせいです。

スミス　リさんも　にほんじんですか。

リ　　　いいえ、にほんじんじゃ　ありません。
　　　　たいわんじんです。

スミス　ああ、そうですか。

なかた　スミスさんは　えいごの　せんせいです。

⭐單字

はじめまして 初次見面　どうぞ 請　よろしく 好、恰當　おねがいします 指教、麻煩、拜託

中田　　史密斯先生，這位是李志傑先生，他是我的朋友。

史密斯　初次見面，我是史密斯，請多多指教。

李　　　初次見面，我是李志傑，我是學生。

史密斯　李先生也是日本人嗎？

李　　　不是，我不是日本人。我是台灣人。

史密斯　哦～原來如此。

中田　　史密斯先生是英文老師。

📍 第一次出現的句子

● はじめまして　初次見面

這句是與某人第一次見面時使用的問候語，對象不分年齡皆可使用。

● どうぞ、よろしく おねがいします　請多多指教

「どうぞ」是「請」的意思，常用同意於請求。「よろしく おねがいします」則是「多多指教」的意思。這句話可以簡化只說「どうそよろしく」，但還是要注意這樣只能跟熟人說喔！

● ああ、そうですか　哦～原來如此啊！

「ああ」如同中文「啊！」或「哦！」的感嘆詞，常用於會話之中。用於在感嘆的語氣中，有肯定或贊同對方的話的意思，「そうですか」即是中文的「原來如此啊」或「是這樣啊」。

 練習題

答案 p.206

1 請寫出下列中文單字的日語意義 & 或日語單字的中文意義。

① 學生 ＿＿＿＿＿＿＿＿＿＿＿＿＿

② 公司職員 ＿＿＿＿＿＿＿＿＿＿

③ 朋友 ＿＿＿＿＿＿＿＿＿＿＿＿＿

④ なまえ ＿＿＿＿＿＿＿＿＿＿＿＿

⑤ にほんじん ＿＿＿＿＿＿＿＿＿

⑥ わたし ＿＿＿＿＿＿＿＿＿＿＿＿

2 請參考範例來回答下列問題。

> A: たなかさんは　にほんじんですか。
> B: はい、たなかさんは　にほんじんです。

① A: スミスさんは　かいしゃいんですか。

B: ＿＿＿＿＿＿＿＿＿＿＿＿＿＿＿＿＿＿＿＿＿＿＿。

② A: はやしさんは　がくせいですか。

B: ＿＿＿＿＿＿＿＿＿＿＿＿＿＿＿＿＿＿＿＿＿＿＿。

③ A: かれは　えいごの　せんせいですか。

B: ＿＿＿＿＿＿＿＿＿＿＿＿＿＿＿＿＿＿＿＿＿＿＿。

3 請參考範例來回答下列問題。

> A: リさんは　にほんじんですか。
> B: いいえ、リさんは　にほんじんじゃ　ありません。

① A: ゆきさんは　せんせいですか。
B: ＿＿＿＿＿＿＿＿＿＿＿＿＿＿＿＿＿＿＿＿＿。

② A: オさんは　アメリカじんですか。
B: ＿＿＿＿＿＿＿＿＿＿＿＿＿＿＿＿＿＿＿＿＿。

③ A: トマトは　くだものですか。
B: ＿＿＿＿＿＿＿＿＿＿＿＿＿＿＿＿＿＿＿＿＿。

4 請在空格處填入適當的日語。

① かれ＿＿＿＿　べんごし＿＿＿＿＿＿＿＿＿。　他也是律師嗎？
② わたし＿＿＿＿　なまえ＿＿＿＿　ゆき＿＿＿＿＿＿＿ 。　我的名字是阿雪。
③ ＿＿＿＿＿＿＿は　はやしさんです。　這位是林先生。
④ スミスさんは　えいご＿＿＿＿　せんせいです。　史密斯先生是英文老師。

5 請在聽完題目音檔後選出適當的選項。

1_053 MP3

> A: はじめまして。わたしは　リシケツです。
> B: ＿＿＿＿＿＿＿＿＿＿＿＿＿＿＿＿。

① ☐　② ☐　③ ☐

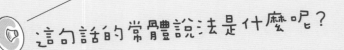

本課句型中，以「～だ」取代名詞後方的「～です」，即為「～是～」的常體講法（常體指的是比較不禮貌，與熟人說話的表現形態）。實際對話中經常只說名字，此時可省略掉主格助詞「は」。

本課句型中，以「～じゃ ない」取代名詞後方的「～じゃ ありません」，即為「不是～」的常體說法。

日語的疑問句不使用問號，會將句尾的語調上揚。「はい」較不正式的表達是「うん」、「いいえ」的較不正式的表達是「ううん」。

02
UNIT
なんじですか。
幾點？

學習內容

- 數字的唸法
- ～杯　～杯
- 時間的唸法
- 星期的唸法
- ～から ～まで　從～到～

 # 單字

請看圖預習本課之後將會用到的單字。

1_055 MP3

おちゃ
茶

コーヒー
咖啡

ジュース
果汁

ミルク
牛奶

ごぜん
上午

ごご
下午

テスト
測驗、考試

かいぎ
會議

じゅぎょう
課程

1 コーヒー ごはい おねがいします。

請給我五杯咖啡。

1_056 MP3

數字的唸法

日語中，數字4、7、9有兩種唸法，從1到10連續唸時，其唸法分別為「し」、「しち」跟「きゅう」，在報電話號碼…等告知對方數字時，其唸法分別為「よん」、「なな」跟「く」。超過10以上的數字時，以11的唸法來說，即是「10（じゅう）」加上「1（いち）」這樣組合成「じゅういち」就正確了（其他以此類推）。所以只要學會1到10的唸法，從1唸到99就不是難事囉！

0	1	2	3	4	5
れい ゼロ まる	いち	に	さん	し よん	ご
	6	7	8	9	10
	ろく	しち なな	はち	きゅう く	じゅう

～杯 ~杯

想表達如「1杯、2杯…」的杯數（量詞）時，只要在數字後面接「はい（杯）」就行了。但請注意，這時在1、3、6、8、10的數字時，發音會產生音變。

1杯	2杯	3杯	4杯	5杯
いっぱい	にはい	さんばい	よんはい	ごはい
6杯	7杯	8杯	9杯	10杯
ろっぱい	ななはい	はっぱい	きゅうはい	じゅっぱい じっぱい

おちゃ にはい おねがいします。 麻煩您請給我兩杯茶。

ジュース ごはい おねがいします。 麻煩您請給我五杯果汁。

TIP

數字0有三種唸法，源自於漢字「零」的讀音為「れい」，取自英文外來語的讀音為「ゼロ」，以及以外形圓圈示意的念法「まる」。

TIP

應格外注意唸法的數字

14	じゅうよん
17	じゅうなな
19	じゅうきゅう
44	よんじゅうよん
77	ななじゅうなな
99	きゅうじゅうきゅう

TIP

「いっぱい」能作為名詞表示「一杯」的意思之外，也能作為副詞表達「充滿～」的意思。用來表示「一杯」時，書寫時必須寫出漢字，用來表示「充滿～」時則只寫書出平假名而已。

★ 單字

おねがいします
麻煩您、拜託您

核心文法

2 **かいぎは なんじですか。**
是幾點開會？

1_057 MP3

✓ **時間的唸法**

表達時間時，只要在數字後面加上「じ（時）」和「ふん／ぷん（分）」就行了。請注意日語「分」的發音會隨著前方的數字而產生音變。詢問幾點的唸法是「なんじ（何時）」，詢問幾分的唸法則是「なんぷん（何分）」。

じ（時）					
1點	2點	3點	4點	5點	6點
いちじ	**にじ**	**さんじ**	**よじ**	**ごじ**	**ろくじ**
7點	8點	9點	10點	11點	12點
しちじ	**はちじ**	**くじ**	**じゅうじ**	**じゅういちじ**	**じゅうにじ**

ふん / ぷん（分）					
1分	2分	3分	4分	5分	6分
いっぷん	**にふん**	**さんぷん**	**よんぷん**	**ごふん**	**ろっぷん**
7分	8分	9分	10分	30分 / 半	
ななふん	**はっぷん**	**きゅうふん**	**じゅっぷん** **じっぷん**	**さんじゅっぷん** **さんじっぷん / はん(半)**	

A: **いまは なんじ なんぷんですか。**

現在是幾點幾分？

B: **ごぜん じゅうじです。**

上午10點。

C: **いま、ごご にじ じゅっぷんです。**

現在是下午2點10分。

> ❗ **TIP**
>
> 「いま」和「いまは」都能表示「現在、現今」之意。當未加助詞是時，いま的後面則需要接逗號(、)。

> ⭐ **單字**
>
> **かいぎ** 會議
>
> **いま** 現在、現今
>
> **ごぜん** 上午
>
> **ごご** 下午

3 きょうは なんようびですか。
今天是星期幾？

✅ 星期的唸法

星期的日語假名是「ようび」。想表示「星期幾」時，只要在「ようび（星期）」前加上「月（げつ）、火（か）、水（すい）、木（もく）、金（きん）、土（ど）、日（にち）」即可。

星期一	星期二	星期三	星期四
げつようび	**かようび**	**すいようび**	**もくようび**
星期五	星期六	星期日	星期幾
きんようび	**どようび**	**にちようび**	**なんようび**

A: きょうは なんようびですか。 今天星期幾？

B: きょうは きんようびです。 今天星期五。

⭐ 單字

きょう 今天

4 ごぜん くじから じゅういちじ までです。 從上午9點到11點為止。

✅ 〜から 〜まで 從〜到〜

「〜から」表示「從…」，「〜まで」表示「到…」，用來表達時間、地點等的起始和結束。

やすみは いつからですか。 何時開始休假？

テストは あしたまでです。 考試考到明天。

じゅぎょうは げつようびから きんようびまでです。
上課時間是從禮拜一到禮拜五。

⭐ 單字

やすみ 休息、休假、假日

いつ 何時

テスト 測驗、考試

あした 明天

じゅぎょう 上課

📝 核心文法練習

⭕ **請用「〜はい」的文法來練習下列的句子。**

1_060 MP3

コーヒー、さんばい おねがいします。
麻煩您請給我三杯咖啡。

おちゃ はっぱい おねがいします。
麻煩您請給我八杯茶。

ジュース よんはい おねがいします。
麻煩您請給我四杯果汁。

ミルク にはい おねがいします。
麻煩您請給我兩杯牛奶。

★ 單字
コーヒー 咖啡
おねがいします 麻煩您、拜託您
おちゃ 茶
ジュース 果汁
ミルク 牛奶

⭕ **請用「〜じ 〜ふん(ぷん)」的文法來練習下列的句子。**

1_061 MP3

いまは ごぜん くじです。
現在是上午九點。

いまは ごご しちじ ごふんです。
現在是下午七點五分。

いまは ごぜん じゅうじ さんじゅっぷんです。
現在是上午十點三十分。

いまは ごご よじ よんじゅうごふんです。
現在是下午四點四十五分。

★ 單字
いま 現在
ごぜん 上午
ごご 下午

○ 請用「～ようび」的文法來練習下列的句子。

1_062 MP3

きょうは　かようびです。
今天是星期二。

あしたは　すいようびです。
明天是星期三。

やすみは　どようびです。
星期六是假日。

テストは　げつようびです。
考試是在星期一。

★ 單字

きょう 今天

あした 明天

やすみ 休息、假日、
　　　　休假日

テスト 測驗、考試

○ 請用「～から ～まで」的文法來練習下列的句子。

1_063 MP3

かいぎは　じゅうじから　にじまでです。
會議是從十點到兩點。

テストは　きょうから　あしたまでです。
考試是從今天考到明天。

やすみは　すいようびから　きんようびまでです。
休假是從星期三到星期五。

じゅぎょうは　ごぜんから　ごごまでです。
上課是從上午到下午。

★ 單字

かいぎ 會議

じゅぎょう 上課

實戰會話

 慢速朗讀 1_064 MP3　 常速朗讀 1_065 MP3

チン　　きょうは　なんようびですか。

ゆき　　げつようびです。

チン　　きょうは　かいぎですね。

ゆき　　はい、そうです。

チン　　かいぎは　なんじですか。

ゆき　　ごご　さんじ　じゅっぷんからです。

チン　　あしたの　かいぎは　なんじからですか。

ゆき　　ごぜん　くじから　じゅういちじまでです。

チン　　かいぎの　とき、コーヒー　ごはい　おねがいします。

ゆき　　はい。

⭐ 單字

そうです（沒錯，）就是那樣　　〜の とき（做／在…）的時候

陳	今天是星期幾？
雪	今天是星期一。
陳	今天要開會吧？
雪	是的，沒錯。
陳	會議是從幾點開始？
雪	從下午三點十分開始。
陳	明天的會議是幾點開始呢？
雪	從上午九點到十一點
陳	會議時請準備好五杯咖啡，拜託妳了。
雪	是。

📍 第一次出現的句子

● きょうは かいぎですね　今天有會議吧？

這個句中的「ね」並非不知道而發問，而是在知道今天有會議的情況下再次確認。句尾的「ね」帶有再次確認、詢問對方意見或徵求對方同意的意思。

● 〜の とき　（做／在⋯）的時候

接在名詞後，表示「（做／在⋯）的時候」之意。

例　かいぎの とき 在會議時　がくせいの とき 在學生時期　じゅぎょうの とき 在上課時

● 〜ね　〜吧／〜喔

接於句尾，用來表示再次確認、徵求對方同意或確認對方的意見。

1 請看中文寫出日語或是看日語寫出中文。

① 上午 _____

④ テスト _____

② 明天 _____

⑤ かいぎ _____

③ 幾點 _____

⑥ じゅぎょう _____

2 請參考範例，依圖回答下列題目。

A: いまは　なんじですか。

B: いまは　くじ　じゅっぷんです。

　　いまは　くじ　じっぷんです。

①

A: いまは　なんじですか。

B: いまは _____ です。

②

A: いまは　なんじですか。

B: いまは _____ です。

　　いまは _____ です。

　　いまは _____ です。

③

A: いまは　なんじですか。

B: いまは _____ です。

　　いまは _____ です。

　　いまは _____ です。

3 請參考範例來回答下列題目。

じゅぎょう
ごぜん くじ 〜 ごご よじ

A: じゅぎょうは なんじから なんじまでですか。
B: <u>ごぜん くじから ごご よじまでです。</u>

① やすみ
きんようび 〜 にちようび

A: やすみは いつから いつまでですか。
B: _____。

② かいぎ
ごご さんじ 〜 ごじ

A: かいぎは なんじから なんじまでですか。
B: _____。

③ テスト
かようび 〜 もくようび

A: テストは いつから いつまでですか。
B: _____。

4 請在空格處填入適當的日語。

① _____は なん_____ですか。今天是星期幾？

② いま、_____ですか。現在是幾點幾分？

③ _____ しちじです。上午七點。

④ じゅぎょうは げつようび_____ きんようび_____です。
上課是從星期一到星期五。

5 請在聽完後選出適當的選項。

1_066 MP3

A: かいぎは なんじからですか。
B: _____。

① [ ] ② [ ] ③ [ ]

1_067 MP3

量詞

在日語中，一樣有計算物品個數，如同「**～個**」…等的量詞。日語的量詞亦會隨著物品外形的不同，而有不同的用詞，例如計算橡皮擦或蘋果等物品的量詞是「**～個**」，計算酒或飲料等的量詞是「**～杯**」，計算細長物品的量詞是「**～本**」，現在就來認識幾個常見的量詞吧！

	～つ ～個（文章體）	～こ ～個（口語體）	～さつ（書物）～本
一	ひとつ	いっこ	いっさつ
二	ふたつ	にこ	にさつ
三	みっつ	さんこ	さんさつ
四	よっつ	よんこ	よんさつ
五	いつつ	ごこ	ごさつ
六	むっつ	ろっこ	ろくさつ
七	ななつ	ななこ	ななさつ
八	やっつ	はっこ	はっさつ
九	ここのつ	きゅうこ	きゅうさつ
十	とお	じゅっこ	じゅっさつ
幾	いくつ	なんこ	なんさつ

	～まい（扁平物）～片、～張	～ほん/ぽん（細長物）～根、～條	～かい ～樓
一	いちまい	いっぽん	いっかい
二	にまい	にほん	にかい
三	さんまい	さんぼん	さんがい
四	よんまい	よんほん	よんかい
五	ごまい	ごほん	ごかい
六	ろくまい	ろっぽん	ろっかい
七	ななまい	ななほん	ななかい
八	はちまい	はっぽん	はっかい
九	きゅうまい	きゅうほん	きゅうかい
十	じゅうまい	じゅっぽん	じゅっかい
幾	なんまい	なんぼん	なんがい

03
UNIT

たんじょうびは
きのうでした。

生日是在昨天。

學習內容

- 月份的唸法
- （過去式）是～　　　　～でした
- （過去式）不是～　　　～じゃ ありませんでした
- 這個／那個／那個／哪個　これ／それ／あれ／どれ

單字

請看圖預習本課之後將會用到的單字。

1_068 MP3

クリスマス
聖誕節

おしょうがつ
元旦、陽曆新年

こどものひ
男兒節、兒童節

バレンタインデー
情人節

コンサート
演唱會

にゅうがくしき
開學典禮

たんじょうび
生日

セール
大特價

やすみ
休假、假日、休息日

核心文法

1 やすみは くがつ にじゅうよっかからです。
休假是從9月24日開始。

1_069 MP3

✓ 月份的唸法

月（份）的日語是「がつ」，在前面加上數字1到12，即為1月至12月的日語唸法。
「幾月」的日語是「なんがつ（何月）」、「日」則是「にち（日）」，但由於1日至
10日的唸法源自日本的古語，故從11日起的日語唸法才是在數字後面加上「にち」。
「幾號、幾日」的日語則是「なんにち（何日）」。

がつ 月（月份）					
1月	2月	3月	4月	5月	6月
いちがつ	にがつ	さんがつ	しがつ	ごがつ	ろくがつ
7月	8月	9月	10月	11月	12月
しちがつ	はちがつ	くがつ	じゅうがつ	じゅういちがつ	じゅうにがつ

にち 日（日）							
1日	2日	3日	4日	5日	6日	7日	8日
ついたち	ふつか	みっか	よっか	いつか	むいか	なのか	ようか
9日	10日	11日	12日	13日	14日	15日	16日
ここのか	とおか	じゅういちにち	じゅうににち	じゅうさんにち	じゅうよっか	じゅうごにち	じゅうろくにち
17日	18日	19日	20日	21日	22日	23日	24日
じゅうしちにち	じゅうはちにち	じゅうくにち	はつか	にじゅういちにち	にじゅうににち	にじゅうさんにち	にじゅうよっか
25日	26日	27日	28日	29日	30日	31日	
にじゅうごにち	にじゅうろくにち	にじゅうしちにち	にじゅうはちにち	にじゅうくにち	さんじゅうにち	さんじゅういちにち	

クリスマスは じゅうにがつ にじゅうごにちです。 聖誕節是12日25日。

おしょうがつは いちがつ ついたちです。 元旦是1月1日。

核心文法

2 きのうでした。
是昨天。

1_070 MP3

～でした （過去式）是～

名詞後接「でした」時，是敬體的過去式。在句尾再接上表示
疑問的「～か」，則為詢問過去事項的疑問句－「～でしたか
（是～嗎？（過去式））」。

表示過去、現在和未來的單字

きのう 昨天	きょう 今天	あした 明天
せんしゅう 上週	こんしゅう 本週、這週	らいしゅう 下週
せんげつ 上個月	こんげつ 本月、這個月	らいげつ 下個月
きょねん 去年	ことし 今年	らいねん 明年

きのうは やすみでした。
昨天是假日。

ゆうべは ゆきでした。
昨晚下雪了。

テストは せんしゅうの すいようびでしたか。
考試是在上週三嗎？

デパートは セールでしたか。
百貨公司在大特價嗎？

! TIP

「ゆきでした」雖然
是名詞「ゆき」後面
加上「でした」的結
構，字面直譯也會
是「（過去）是雪」，
但事實上在日語的表
達邏輯裡，這種沒有
動詞的表現，有時
候也意謂著「產生該
名詞狀態」的狀況，
例如在這裡即使沒
有動詞也要想成「下
雪了」。再例如說說
到「あめです」，也
要同樣要理解成「下
雨了」，才會比較自
然。

! TIP

承上，日語中以名詞
表達，但在中文裡需
想成動作時，這裡例
句中的「ゆうべは」
也可情況理解成「在
昨晚（下雪了）」，而
不一定要將「は」理
解成「是」。

★ 單字

きのう 昨天

やすみ 休假、假日、
休息日

ゆうべ 昨晚

ゆき 雪

テスト 測驗、考試

デパート 百貨公司

セール 大拍賣

3 やすみじゃ ありませんでした。

不是假日（不是休假）。

1_071 MP3

✓ 〜じゃ ありませんでした （過去式）不是〜

若在敬體的現在否定式「〜じゃ　ありません」後面加上「でした」後，就變成了過去式的「不是〜」。

コンサートは きんようびじゃ ありませんでした。
舉辦演唱會的那天並不是在星期五。

にゅうがくしきは げつようびじゃ ありませんでした。
開學典禮的那天並不是在星期一。

> **★ 單字**
>
> **コンサート**
> 演唱會
>
> **にゅうがくしき**
> 開學典禮

4 これは なんですか。

這個是什麼？

1_072 MP3

✓ これ / それ / あれ / どれ 這個／那個／那個／哪個

これ	這個	位於靠近說話者那邊的物體
それ	那個	位於靠近聽話者那邊的物體
あれ	那個	離說話者跟聽話者都很遠的物體
どれ	哪一個	許多物體中的其中一個物體

> **❗ TIP**
>
> 當說話人用「これ」發問時，聽話者用「それ」來回答。
> 當說話人用「それ」發問時，聽話者用「これ」來回答。
> 當說話人用「あれ」發問時，聽話者用「あれ」來回答。
> 日語依這樣的概念問答，會比較自然。

A: これは なんですか。
這個是什麼？

A: あれは なんですか。
那個是什麼？

B: それは かばんです。
那個是包包。

B: あれは かばんです。
那個是包包。

> **★ 單字**
>
> **なん** 什麼
>
> **かばん** 包包

📝 核心文法練習

○ 請用「〜がつ 〜にち」的文法來練習表達下列各節日的日期。

1_073 MP3

こどものひは　ごがつ　いつかです。
兒童節是5月5日。

バレンタインデーは　にがつ　じゅうよっかです。
情人節是2月14日。

おしょうがつは　いちがつ　ついたちです。
元旦是1月1日。

クリスマスは　じゅうにがつ　にじゅうごにち
です。
聖誕節是12月25日。

○ 請用「〜でした／〜でしたか」的文法來練習下列的句子。

1_074 MP3

きのうは　やすみでした。
昨天是假日。

たんじょうびは　せんげつでした。
生日是在上個月。

テストは　すいようびでしたか。
考試是在星期三考過了嗎？

ゆうべは　ゆきでしたか。
昨晚下雪了嗎？

○ 請用「〜じゃ ありませんでした」的文法來練習下列的句子。

1_075 MP3

かいぎは　ごぜんじゃ　ありませんでした。
會議不是在上午。（上午沒有開會了。）

コンサートは　ゆうべじゃ　ありませんでした。
演唱會不是在昨晚。

にゅうがくしきは　きのうじゃ　ありませんでした。
開學典禮不是在昨天。

きのうは　たんじょうびじゃ　ありませんでした。
昨天不是我的生日。

★ 單字

| かいぎ 會議 |
| ごぜん 上午 |
| コンサート 演唱會 |
| にゅうがくしき 開學典禮 |

○ 請用「これ / それ / あれ / どれ」的文法來練習下列的句子。

1_076 MP3

A: それは　なんですか。
那個是什麼呢？

B: これは　ぼうしです。
這個是帽子。

A: せんせいの　かさは　どれですか。
老師的雨傘是哪一把呢？

B: せんせいの　かさは　これです。
老師的雨傘是這一把。

★ 單字

| なん 什麼 |
| ぼうし 帽子 |
| せんせい 老師 |
| かさ 雨傘 |

實戰會話

 慢速朗讀 1_077 MP3　　 常速朗讀 1_078 MP3

なかた　それは　なんですか。

リ　　　これは　たんじょうびの　プレゼントです。

なかた　リさん、きょう、おたんじょうびですか。

リ　　　いいえ、きょうじゃ　ありません。きのうでした。

なかた　あ、そうですか。おめでとう。

リ　　　なかたさん、きのう、やすみでしたか。

なかた　いいえ、やすみじゃ　ありませんでした。

リ　　　やすみは　いつからですか。

なかた　やすみは　くがつ　にじゅうよっかからです。

★ 單字

プレゼント 禮物　　おめでとう 恭喜　　いつから 從何時開始

中田	那個是什麼？
李	這個是生日禮物。
中田	李先生的生日是今天嗎？
李	不，不是今天，是昨天。
中田	是這樣啊，祝你生日快樂。
李	中田先生昨天休假嗎？
中田	不，昨天沒有休假。
李	那你的休假是從何時開始？
中田	我的休假是從9月24日開始。

第一次出現的句子

おたんじょうび　生日

在單字「たんじょうび」前面加上「お」，語氣就會更加敬重。「お」是日語中的「丁寧語」，加在單字前可以表現出對對方更敬重的口吻，故在提及自己的生日時不須使用「お」，只有在提到別人生日時才須要使用。相同地，在名字（なまえ）和工作（しごと）之前加上「お」，也一樣是向對方增添禮貌的表現法。
除此之外，在名詞前加「お」也可達到美化言語的效果。舉例來說，在はな（花）前面加上「お」變成「おはな」時，此時語意不變，但聽起來給人一種溫柔和優雅的感覺。

なまえ（我的）名字	おなまえ（對方的）大名
しごと（我的）職業、工作	おしごと（對方在哪）高就
たんじょうび（我的）生日	おたんじょうび（尊稱對方的生日）您的生日
はな 花	おはな（美化語感）花
かね 錢	おかね（美化語感）錢
みず 水	おみず（美化語感）水

おめでとう　恭喜

「おめでとう」是「おめでとうございます」的略稱。表示祝賀之意。相對的中文可依不同的場合做不同的祝福句聯想。

1 請寫出下列中文單字的日語&日語單字的中文。

① 生日 _____

② 開學典禮 _____

③ 昨天 _____

④ こどものひ _____

⑤ おしょうがつ _____

⑥ クリスマス _____

2 請參考範例，依圖回答下列題目。

A: これは　なんですか。
B: <u>それは</u>　<u>ざっし</u>です。

①

A: それは　なんですか。
B: _____は _____です。

②

A: あれは　なんですか。
B: _____は _____です。

③

A: これは　なんですか。
B: _____は _____です。

3 請寫出1日到10日的日語。

1日	2日	3日	4日	5日
6日	7日	8日	9日	10日

4 請在空格處填入適當的日語。

① きのうは　やすみ＿＿＿＿＿＿＿＿＿＿。 昨天是假日嗎？

② いいえ、やすみ＿＿＿＿＿＿＿＿＿＿＿＿＿＿。 不是，昨天不是假日。

③ クリスマスは ＿＿＿＿＿＿＿＿＿＿＿＿＿＿です。 聖誕節是12月25日。

④ たんじょうびは ＿＿＿＿＿＿＿でした。 生日是20日。

1_079 MP3

5 請在聽完後選出適當的選項。

A: あれは　なんですか。

B: ＿＿＿＿＿＿＿＿＿＿＿。

① ☐ ② ☐ ③ ☐

かれは
ぐんじんだった。
他是軍人（過去式）。

きのうは
ゆきだった。
昨天下雪了。

用「だった」取代名詞中的「でした」，即為常體的過去式。

かのじょは
かしゅじゃ なかった。
她不是歌手（過去式）。

まえは けいさつかんじゃ
なかった。
以前不是警察。

把「～じゃ ありませんでした」改成「～じゃ なかった」，即為常體的否定形的過去式。

これは なに(↑)。
這個什麼？

それは ざっし。
那個是雜誌。

「～是什麼？」的敬體說法是「なんですか」，常體的說法是「なに」。

04
UNIT

まじめな ひとです。

認真的人。

學 習 內 容

- 形容動詞
- 形容動詞的敬體
- 形容動詞的敬體否定形
- 用形容動詞修飾名詞時
- 這／那／那／哪　この／その／あの／どの
- 家族成員的稱謂

 單字

請看圖預習本課之後將會用到的單字。

1_081 MP3

わたしの かぞく
我的家人

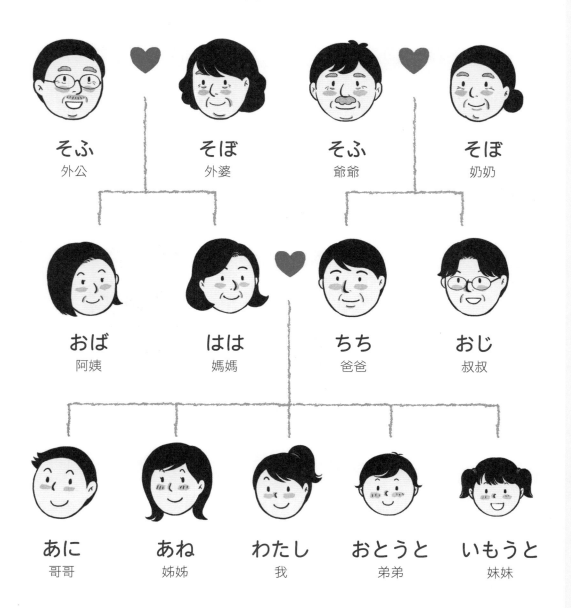

そふ	そぼ	そふ	そぼ
外公	外婆	爺爺	奶奶

おば	はは	ちち	おじ
阿姨	媽媽	爸爸	叔叔

あに	あね	わたし	おとうと	いもうと
哥哥	姊姊	我	弟弟	妹妹

1 ハンサムですね。
長得很帥耶。

1_082 MP3

✅ 形容動詞

像「漂亮、安靜、帥氣」這類用來形容人事物的外觀、性質和狀態的詞，總稱為「形容詞」，但日語的形容詞又細分為「形容詞」跟「形容動詞」兩種。形容動詞依「語幹」＋「助動詞」所組成進而表達出意義。舉例來說，「ひま」是一個「形容動詞」，其「ひま」本體就是一個語幹，後接各種助動詞來表達不同的意義，在此的舉例可以接「だ」來表達斷定的意思。（當然也有一些學派認為「だ」是它的語尾。但不管怎麼樣兩種的應用結果都是一樣的。而從前述的說明中可知，既使認同形容動詞有語尾，也是隱藏性的。特別是翻找字典時，不會看到這個語尾的存在。）

語幹「ひま」可下接的不同用語表達出不同的意義，例如：「です／じゃ ありません」…等，但語幹的形態不會改變。

> **ひまだ** 悠閒的（辭書形） ＝ **ひま** 語幹（不會變化）＋ **だ**（斷定助動詞）

きれいだ（是）漂亮的、乾淨的	**たいせつだ**（是）重要的	**ひまだ**（是）悠閒的
げんきだ（是）健康的	**だいじょうぶだ**（是）沒關係的	**べんりだ**（是）方便的
しんせつだ（是）親切的	**たいへんだ**（是）辛苦的	**すきだ**（是）喜歡的
すてきだ（是）非常出色的	**ハンサムだ**（是）帥氣的	**きらいだ**（是）討厭的

✅ 形容動詞的敬體

「ひまだ」是表示「悠閒」的「形容動詞」的常體表現。若語幹「ひま」維持不變，語尾「だ」改成「です」的話，就變成表示「悠閒」的敬體表現。此時若在「です」後面接「か」則表示疑問，若接「ね」則表示徵求對方同意或感嘆。

> **ひまだ** 是悠閒的（常體） → **ひまです** 是悠閒的（敬體）

チンさんは しんせつです。 陳先生很親切。
はなが きれいです。 花很漂亮。
しごとは たいへんですか。 工作辛苦嗎？

⭐ 單字

はな 花　しごと 工作

💡 TIP

「きれいだ」除了常用來表示漂亮之外，但也能用來形容房間或建築很潔淨。
へやが きれいです。
房間很乾淨
ふじさんは きれいです。
富士山的風景很漂亮。

💡 TIP

「が」是日語的助詞，小主語。即表示行為、狀態的主體。

2　ハンサムじゃ ありません。

長得不帥。

1_083 MP3

✅ 形容動詞的敬體否定形

把「形容動詞」接上「じゃ ありません」，就形成了形容動詞的敬體否定形。

> **ひまだ** 是悠閒的 → **ひまじゃ ありません** 不是悠閒的

しごとは たいへんじゃ ありません。工作不辛苦。

テストは かんたんじゃ ありません。考試不簡單。

> ⭐ 單字
>
> しごと 工作
>
> **たいへん (だ)** 辛苦的
>
> **テスト** 測驗、考試
>
> **かんたん (だ)**
> 簡單的

3　まじめな ひとです。

認真的人。

1_084 MP3

✅ 用形容動詞修飾名詞時

「形容動詞」放在名詞前做修飾語時，在語幹後面接上「な」，再接名詞即可。

> **まじめだ ＋ ひと → まじめな ひと**
> 認真的 ＋ 人 → 認真的人

きれいな はなです。漂亮的花。

これは かんたんな もんだいです。這是簡單的問題。

> ⭐ 單字
>
> はな 花
>
> **きれい (だ)** 漂亮的
>
> **もんだい** 問題、題目

4 その ひとは わたしの いもうとです。

那位是我的妹妹。

1_085 MP3

☑ この / その / あの / どの 這／那／那／哪

この	這	位於靠近話者的這一邊
その	那	位於靠近聽者的那一邊
あの	那	距離話者跟聽者都很遠的那一邊
どの	哪	在很多個之中的其中之一

この ひとは わたしの ともだちです。 這位是我的朋友。

どの けいたいが べんりですか。 哪支手機好用？

☑ 家族成員的稱謂

在日語中，稱呼自己的家人與別人的家人時，使用的稱謂不同。跟別人提到自己的家人時，稱謂後面不能加具有尊稱語感的「さん」。

	我的家人	別人的家人
奶奶	そぼ	おばあさん
爺爺	そふ	おじいさん
媽媽	はは	おかあさん
爸爸	ちち	おとうさん
姊姊	あね	おねえさん
哥哥	あに	おにいさん
妹妹	いもうと	いもうとさん
弟弟	おとうと	おとうとさん
老婆	つま	おくさん
丈夫	しゅじん	ごしゅじん
女兒	むすめ	むすめさん
兒子	むすこ	むすこさん

★ 單字

ひと 人

ともだち 朋友

けいたい 手機

べんり (だ)
方便的、便利的

❗ TIP

在自家裡稱呼自己的家人時要加尊稱。稱呼媽媽時不能說「はは」，要說「おかあさん」。夫妻之間常使用（每個人不同的）暱稱，稱呼弟弟或妹妹時則直接叫名字。提到別人的子女時，不分男女都說「おこさん（您的子女）」。

核心文法練習

○ 請用形容動詞的敬體的文法來練習下列的句子。

1_086 MP3

きょうは　ひまです。

今天很悠閒。

さとうさんは　まじめです。

佐藤先生很認真。

へやが　きれいです。

房間很乾淨。

しごとが　たいへんです。

工作很辛苦。

★ 單字

きょう 今天

ひま (だ)
悠閒的、閒暇的

まじめ (だ) 認真的

へや 房間

きれい (だ)
乾淨的、漂亮的

しごと 工作

たいへん (だ)
辛苦的

○ 請用形容動詞的否定形的文法來練習下列的句子

1_087 MP3

やまださんは　しんせつじゃ　ありません。

山田先生不親切。

がっこうは　しずかじゃ　ありません。

學校不安靜。

かれは　げんきじゃ　ありません。

他沒有精神。

もんだいは　かんたんじゃ　ありません。

問題不簡單。

★ 單字

しんせつ (だ)
親切的

がっこう 學校

しずか (だ) 安靜的

かれ 他

げんき (だ)
健康的、有活力的

もんだい 問題、題目

かんたん (だ)
簡單的

○ **請用形容動詞修飾名詞的文法來練習下列的句子。**

1_088 MP3

ひまな にちようびです。
悠閒的星期天。

しずかな ところです。
安靜的地方。

らくな ソファーです。
舒適的沙發。

かれは まじめな ひとです。
他是認真的人。

○ **請用「この / その / あの / どの」的文法來練習下列的句子。**

1_089 MP3

その ひとは わたしの いもうとです。
那位是我的妹妹。

あの ひとは たなかさんの おねえさんです。
那位是田中先生的姊姊。

この けいたいは べんりです。
這支手機很好用。

その りょうりは かんたんです。
那道菜餚很簡單。

慢速朗讀　　常速朗讀

1_090 MP3　　1_091 MP3

なかた　あの、それは　かぞくしゃしんですか。

リ　　　はい、そうです。

なかた　この　ひとは　だれですか。

リ　　　その　ひとは　わたしの　いもうとです。

なかた　いもうとさんは　どんな　ひとですか。

リ　　　いもうとは　まじめな　ひとです。

なかた　じゃ、この　ひとは　だれですか。

リ　　　わたしの　おとうとです。

なかた　おとうとさん、ハンサムですね。

リ　　　いいえ、いいえ、ハンサムじゃ　ありません。

⭐ 單字

かぞくしゃしん 全家福（合照）　だれ 誰　どんな 怎麼樣的

中田	嗯…那個是全家福照片嗎？
李	是，是的。
中田	這位是誰？
李	那位是我的妹妹。
中田	你的妹妹是什麼樣的人呢？
李	我的妹妹是認真的人。
中田	那麼，這位又是誰呢？
李	他是我的弟弟。
中田	你的弟弟長得很帥耶。
李	沒有啦，長得不帥。

📍 第一次出現的句子

● あの、 那個、嗯

相當於中文在剛發話且語帶猶豫時會說的「那個…、嗯…」的發語詞。日語的對話邏輯大多不會一開始就切入正題，而是以「あの」這個詞展開談話。這個詞沒有特別含意，但可用來向對方搭話並引起對方的注意。

● どんな 什麼樣的

「どんな」表示「怎麼樣的、什麼樣的」之意。可用來詢問個性、外貌或價值…等，例如「什麼樣的人」或「什麼樣的地點」等等。

1 請寫出下列中文單字的日語&日語單字的中文。

① （我的）弟弟 _____

② 帥氣的 _____

③ 悠閒的、閒暇的 _____

④ げんきだ _____

⑤ あね _____

⑥ かんたんだ _____

2 請參考範例來回答下列題目。

> A: へやは　きれいですか。
> B: はい、きれいです。
>   いいえ、きれいじゃ　ありません。

① A: やまださん、だいじょうぶですか。
   B: はい、_____。
      いいえ、_____。

② A: おしごとは　たいへんですか。
   B: はい、_____。
      いいえ、_____。

③ A: この　けいたいは　べんりですか。
   B: はい、_____。
      いいえ、_____。

3 請參考範例來完成下列句子。

しんせつだ + ひと → かのじょは しんせつな ひとです。

① すてきだ + ともだち → かのじょは ＿＿＿＿＿＿＿＿＿＿＿＿＿＿＿＿＿。

② まじめだ + がくせい → かれは ＿＿＿＿＿＿＿＿＿＿＿＿＿＿＿＿＿＿＿。

③ げんきだ + ひと → スミスさんは ＿＿＿＿＿＿＿＿＿＿＿＿＿＿＿＿＿。

4 請在空格處填入適當的日語。

① ＿＿＿＿＿＿＿＿＿ですか。沒關係嗎？

② しごとは たいへん ＿＿＿＿＿＿＿＿＿＿＿＿＿＿＿。工作不辛苦。

③ ＿＿＿＿＿ もんだいは ＿＿＿＿＿＿＿＿です。這問題很簡單。

④ ＿＿＿＿＿ しゃしんは ＿＿＿＿＿＿＿な しゃしんです。那是張照片非常出色的照片。

5 請在聽完後選出適當的選項。

1_092 MP3

A: この ひとは だれですか。

B: ＿＿＿＿＿＿＿＿＿＿＿。

① ☐ ② ☐ ③ ☐

1_093 MP3

「形容動詞」的常體跟名詞的常體說法幾乎一樣。在實際的口語對話中會省略「だ」。當作疑問句時，則跟名詞一樣語尾會上揚。

將「形容動詞」否定形中的「じゃ ありません」改成「じゃ ない」，即為「形容動詞」否定形的常體說法。

05 UNIT

あの あかい かばん、かわいいですね。

那個紅色的包包很漂亮。

學習內容

- 形容詞
- 形容詞的敬體
- 形容詞的敬體否定形
- 用形容詞修飾名詞時
- 詢問價格
- 百位數以上數字的唸法

請看圖預習本課之後將會用到的單字。

1_094 MP3

あまい
甜的

からい
辣的

にがい
苦的

すっぱい
酸的

おいしい
美味的、好吃的

しろい
白色的

くろい
黑色的

あかい
紅色的

あおい
藍色的

核心文法

1 ## たかいですね。
好貴喔。

1_095 MP3

✓ 形容詞

「形容詞」是語幹加語尾的結構所構成的詞，語尾為「い」，跟「形容動詞」一樣也是用來修飾人事物的外觀、性質和狀態。舉例來說，「おいしい（好吃）」是「形容詞」，其中「おいし」是語幹，最後的「い」則是語尾。要表達出各種不同意思時，則需在語尾作出變化，亦可稱為「語尾活用」。

> **おいしい** 好吃（辭書形）＝ **おいし** 語幹（不會變化）＋ **い** 語尾（語尾活用）

おおきい	大的	**あつい**	炎熱的、厚的	**ひくい**	低的、矮的
ながい	長的	**あかるい**	明亮的	**ふるい**	舊的
たかい	高的、貴的	**ちいさい**	小的	**さむい**	寒冷的
あたらしい	新的	**みじかい**	短的	**くらい**	暗的、陰沉的

✓ 形容詞的敬體

以屬於「形容詞」的「おいしい（好吃）」為例，語尾「い」加上「です」的話，就變成表示「好吃」的敬體表現。此時若在「です」後面接「か」則表示疑問，接續「ね」則表示徵求對方同意或感嘆。

> **おいしい** 好吃的（常體） → **おいしいです** 好吃的（敬體）

かいしゃは ちかいです。 公司很近。

キムチは からいですか。 泡菜辣嗎？

せが たかいですね。 身高很高耶！

> ⭐ 單字
>
> **かいしゃ** 公司
> **ちかい** 近的
> **キムチ** 泡菜
> **せがたかい** 個子高

2 たか<u>く ありませんね</u>。
不貴耶！

1_096 MP3

✓ 形容詞的敬體否定形

把「形容詞」的語尾「い」改成「く　ありません」，就是形容詞的敬體否定形。

> **おいしい** 好吃的（常體）　→　**おいしく　ありません** 不好吃的（敬體）

しおは　あまく　ありません。 鹽巴不甜。

ゆきは　くろく　ありません。 雪不黑。

きょうの　てんきは　よく　ありません。 今天天氣不好。

★ 單字

しお 鹽、鹽巴

てんき 天氣

いい/よい 好的

3 あの **あかい** かばん かわいいですね。
那個紅色包包很漂亮耶。

1_097 MP3

✓ 用形容詞修飾名詞時

將「形容詞」放在名詞前做修飾語時，語尾不會做任何變化。

ふるい　とけいです。 舊的時鐘。

あおい　うみです。 藍色的海。

いい　ひとです。 好人。

★ 單字

かわいい 可愛的

ふるい 舊的

とけい 時鐘

うみ 海

4

A: **いくらですか**。請問多少錢？

B: **きゅうせんえんです**。九千日元。

1_098 MP3

詢問價格

「いくらですか」是「請問多少錢？」，為詢問價格的敬體表現。

A: あの パンは いくらですか。 請問那個麵包多少錢？

B: あの パンは さんびゃくえんです。 那個麵包300日元。

TIP

日本的貨幣單位是「えん（円）」，台灣的貨幣單位則是「たいわんドル」。

★ 單字

いくら 多少

パン 麵包

百位數以上數字的唸法

100	200	300	400	500
ひゃく	にひゃく	さんびゃく	よんひゃく	ごひゃく
600	700	800	900	
ろっぴゃく	ななひゃく	はっぴゃく	きゅうひゃく	

1000	2000	3000	4000	5000
せん	にせん	さんぜん	よんせん	ごせん
6000	7000	8000	9000	
ろくせん	ななせん	はっせん	きゅうせん	

10000	20000	30000	40000	50000
いちまん	にまん	さんまん	よんまん	ごまん
60000	70000	80000	90000	
ろくまん	ななまん	はちまん	きゅうまん	

核心文法練習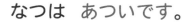

◯ 請用形容詞敬體的文法來練習下列的句子。

1_099 MP3

せが　たかいです。

個子高。

なつは　あついです。

夏天很熱。

そらが　あおいです。

天空很藍。

ラーメンは　おいしいですか。

拉麵好吃嗎？

★ 單字

せがたかい 個子高

なつ 夏天

あつい 炎熱的；厚的

そら 天空

あおい 藍色的

ラーメン 拉麵

おいしい 好吃的

◯ 請用形容詞否定形的文法來練習下列的句子。

1_100 MP3

しおは　あまく　ありません。

鹽巴不甜。

ハワイは　さむく　ありません。

夏威夷不熱。

この　キムチは　からく　ありません。

這個泡菜不辣。

その　パソコンは　たかく　ありません。

這台電腦不貴。

★ 單字

しお 鹽、鹽巴

あまい 甜的

ハワイ 夏威夷

さむい 寒冷的

キムチ 泡菜

からい 辣的

パソコン
pc、個人電腦

たかい 高的、貴的

○ 請用形容詞的修飾名詞的文法來練習下列的句子。

1_101 MP3

さむい　ふゆです。

寒冷的冬天。

ひろい　へやです。

寬敞的房間。

ふるい　けいたいです。

舊的手機。

おいしい　ケーキです。

好吃的蛋糕

○ 請說說看下列跟詢價有關的句子。

1_102 MP3

A: いくらですか。 請問多少錢呢？

B: ごひゃく　えんです。 500日元。

さんぜん　さんびゃく　ドルです。 3300美金。

はっぴゃく　はちじゅうまん　たいわんドル
です。
880萬台幣。

にまん　ろくせん　さんびゃく　えんです。 26300日元。

··· 實戰會話

慢速朗讀
1_103 MP3

常速朗讀
1_104 MP3

てんいん　いらっしゃいませ。

なかた　　あの　あかい　かばん　かわいいですね。

ゆき　　　そうですね。
　　　　　すみません。あの　あかい　かばん、いくらですか。

てんいん　にまん　ななせんえんです。

ゆき　　　たかいですね。

なかた　　その　くろい　かばんは　いくらですか。

てんいん　これは　きゅうせんえんです。

ゆき　　　それは　たかく　ありませんね。
　　　　　じゃ、くろい　かばん　ください。

 單字

いらっしゃいませ 歡迎光臨　　そうですね 對呀

店員　　歡迎光臨。

中田　　那個紅色的包包很漂亮耶。

雪　　　對呀！不好意思，請問那個紅色的包包多少錢呢？

店員　　要27000日元。

雪　　　好貴喔！

中田　　那一個黑色的包包多少錢呢？

店員　　這個賣9000日元。

雪　　　這個不貴耶！那麼，請給我這個黑色的包包。

🔍 第一次出現的句子

♦ いらっしゃいませ　歡迎光臨

店員對進入店內的客人說的招呼用語。

♦ すみません　抱歉、不好意思（請問…）

除了表示「抱歉」之外，也常用在要向對方搭話時，為了引人注意而開口說的「不好意思」。

♦ ください　請給我…

「名詞＋ください」的文法，可以用在當想要跟他人討取前述名詞時的委婉命令句。

1 請寫出下列中文單字的日語&日語單字的中文。

① 近的 ＿＿＿＿＿＿＿＿＿＿＿＿

④ とおい ＿＿＿＿＿＿＿＿＿＿＿＿

② 大的 ＿＿＿＿＿＿＿＿＿＿＿＿

⑤ くろい ＿＿＿＿＿＿＿＿＿＿＿＿

③ 辣的 ＿＿＿＿＿＿＿＿＿＿＿＿

⑥ おいしい ＿＿＿＿＿＿＿＿＿＿＿＿

2 請參考範例來回答下列題目。

> A: その　ケーキは　おいしいですか。
> B: はい、おいしいです。
> いいえ、おいしく　ありません。

① A: この　かばんは　たかいですか。
B: はい、＿＿＿＿＿＿＿＿＿＿＿＿＿＿＿＿。
いいえ、＿＿＿＿＿＿＿＿＿＿＿＿＿＿。

② A: あの　えいがは　おもしろいですか。
B: はい、＿＿＿＿＿＿＿＿＿＿＿＿＿＿＿＿。
いいえ、＿＿＿＿＿＿＿＿＿＿＿＿＿＿。

③ A: かいしゃは　ちかいですか。
B: はい、＿＿＿＿＿＿＿＿＿＿＿＿＿＿＿＿。
いいえ、＿＿＿＿＿＿＿＿＿＿＿＿＿＿。

3 請參考範例來完成下列句子。

ちいさい ＋ かばん → <u>ちいさい　かばんです。</u>

① さむい ＋ ふゆ → _____。

② おもしろい ＋ ほん → _____。

③ たかい ＋ とけい → _____。

4 請在空格處填入適當的日語。

① へやは _____ですか。房間很寬敞嗎？

② てんきが _____。天氣不好。

③ _____ ラーメンです。辣的拉麵。

④ その　かばんは _____えんです。那個包包是6800日元。

1_105 MP3

5 請在聽完後選出適當的選項。

① スミスさんの　かばんは　おおきく　ありません。（　　）

② スミスさんの　かばんは　おおきいです。（　　）

1_106 MP3

おいしい。
好吃。

これは やすい。
這個的價格便宜。

その ひとは
せが たかい(↑)。
那個人長得高嗎？

てんきが よく ない。
天氣不好。

この えいがは
おもしろく ない。
這部電影很無趣。

どう(↑)。
からく ない(↑)。
如何？不辣嗎？

06
UNIT

海が きれいで、
あつい ところです。
(うみ)

海邊是個又漂亮又熱的地方。

學習內容	
	• 形容動詞的接續方法
	• 形容詞的接續方法
	• （敬體）對～表示～的狀態　　～が ～です
	• ～和～，哪一邊（好）呢？　　～と ～と どちらが ～ですか
	• 比起～哪一邊（更）～　　　　～より ～の ほうが ～です

請看圖預習本課之後將會用到的單字。

1_107 MP3

うんどう
運動

サッカー
足球

テニス
網球

すいえい
游泳

うんてん
開車

りょこう
旅行

べんきょう
讀書

そうじ
打掃

りょうり
烹飪

核心文法

1 海が きれいで、あつい ところです。

海邊是個又漂亮又熱的地方。

1_108 MP3

✅ 形容動詞的接續方法

當以「形容動詞」做兩個句子或兩個形容（動）詞的連接時,將語尾「だ」換成「で」即可。

きれいだ 漂亮 ＋ しんせつだ 親切 → きれいで、しんせつだ 又漂亮又親切

かれは ハンサムで、まじめです。

他長得帥又誠實。

やすみは ひまで、楽です。

假日既悠閒又舒服。

> ⚠️ TIP
>
> 「名詞」的接續方法跟「形容動詞」一樣。
>
> 日本人で 学生です。
> 是日本人也是學生。
> ひまで 楽です。
> 既悠閒又舒服。

2 さむくて、雪が おおい ところです。

寒冷又常下雪的地方。

1_109 MP3

✅ 形容詞的接續方法

當以「形容詞」做兩個句子或兩個形容詞的連接時,把語尾「い」換成「くて」即可。

おいしい 好吃 ＋ 高い 貴 → おいしくて、高い 好吃且貴

私の へやは せまくて くらいです。

我的房間又窄又暗。

この かばんは 新しくて 高いです。

這個包包又新又貴。

> ⭐ 單字
>
> おおい 多的
>
> せまい 窄的、狹小的
>
> くらい 暗的、陰沉的
>
> 新しい 新的

3 どちらが 好^すきですか。
喜歡哪一邊呢？

1_110 MP3

✓ 〜が 〜です（敬體用法）對〜表示〜的狀態

「〜が好^すきです」表示「喜歡〜」之意。助詞「が」原為主格助詞，但此情況下視為受格助詞會更自然。這個句型是表示「です」之前的形容詞對「が」之前名詞修飾的狀態。

	好きです	喜歡
〜が （小主語）	きらいです	討厭
	上手^{じょうず}です	拿手、擅長
	下手^{へた}です	不擅長

私^{わたし}は りょこうが 好^すきです。
我喜歡旅行。

父^{ちち}は うんてんが きらいです。
爸爸討厭開車。

妹^{いもうと}は りょうりが 上手^{じょうず}です。
妹妹擅長作菜。

弟^{おとうと}は すいえいが 下手^{へた}です。
弟弟游泳游得不好。

★ 單字

りょこう 旅行

うんてん 駕駛、開車

りょうり 料理、作菜

すいえい 游泳

4 北海道と 沖縄と どちらが 好きですか。

北海道和沖繩，你喜歡哪一邊呢？

1_111 MP3

✓ ～と ～と どちらが ～ですか　～和～，～哪一邊好呢?

比較兩項以上人事物時，用「～と　～と　どちらが　～ですか」句型。

日本語と 英語と どちらが 好きですか。

日語和英語，喜歡哪一個呢？

サッカーと テニスと どちらが 上手ですか。

足球跟網球，擅長哪一個呢？

> ★ 單字
> 北海道（地名）北海道
> 沖縄（地名）沖繩
> 日本語 日語
> 英語 英語
> サッカー 足球
> テニス 網球

5 沖縄より 北海道の ほうが 好きです。

比起沖繩，更喜歡北海道。

1_112 MP3

✓ ～より ～の ほうが ～です　比起～（哪一邊）更～

「～より」是「比起～」，「～ほう」則是哪一方的「方」。
表達時常採用「名詞 ＋ のほうが」的形式。

英語より 日本語の ほうが 好きです。

比起英語，更喜歡日語。

サッカーの ほうが テニスより 上手です。

比起網球，更擅長足球。

> ⚠ TIP
>
> 「～より」和「～のほうが」的前後順序可自由調動。

📝 核心文法練習

⚪ **請用形容動詞的接續方法的文法來練習下列的句子。**

1_113 MP3

^{うみ}
海が　きれいで、あつい　ところです。
海邊是又漂亮又熱的地方。

まじめで、しんせつな　人^{ひと}です。
又認真又親切的人。

^{やま}
山が　すてきで、しずかな　ところです。
山是又美又安靜的地方。

かいてきで、広い^{ひろ}　ソファーです。
舒適又寬敞的沙發。

⚪ **請用形容詞的接續方法的文法來練習下列的句子。**

1_114 MP3

さむくて、雪^{ゆき}が　きれいな　ところです。
寒冷且雪景很漂亮的地方。

甘くて^{あま}、おいしい　お菓子^{か　し}です。
甜且好吃的點心。

やさしくて、まじめな　人^{ひと}です。
善良且認真的人。

新しくて^{あたら}、大きい^{おお}　車^{くるま}です。
又新又大的汽車。

○ 請用〜が 〜です 文法來練習下列的句子。

1_115 MP3

父は そうじが 好きです。
ちち　　　　　　　　す
爸爸喜歡打掃。

母は りょうりが きらいです。
はは
媽媽討厭煮飯。

妹は うんてんが 上手です。
いもうと　　　　　　じょう ず
妹妹擅長開車。

弟は すいえいが 下手です。
おとうと　　　　　　へ た
弟弟不擅長游泳。

★ 單字

そうじ 打掃

りょうり 煮飯

うんてん 開車、駕駛

すいえい 游泳

○ 請比較兩個對象，試著提問和回答下列句子。

1_116 MP3

A: コーヒーと ジュースと どちらが 好きですか。
　　　　　　　　　　　　　　　　　　す
咖啡和果汁，比較喜歡哪一種呢？

B: ジュースより コーヒーの ほうが 好きです。
　　　　　　　　　　　　　　　　　す
比起果汁，我更喜歡喝咖啡。

★ 單字

せが 高い 長得高、
　　 たか
個子高

A: むぎしまさんと たかはしさんと どちらが せが 高い
　　　　　　　　　　　　　　　　　　　　　　　　　　たか
ですか。
麥島先生和高橋先生，哪一個個子比較高呢？

B: たかはしさんの ほうが むぎしまさんより せが 高い
　　　　　　　　　　　　　　　　　　　　　　　　　　たか
です。
比起麥島先生，高橋先生的個子比較高。

🗨 實戰會話

慢速朗讀

1_118 MP3
常速朗讀

チン　　ゆきさん、北海道（ほっかいどう）は　どんな　ところですか。

ゆき　　さむくて、雪（ゆき）が　おおい　ところです。

チン　　じゃ、沖縄（おきなわ）は　どんな　ところですか。

ゆき　　海（うみ）が　きれいで、あつい　ところですよ。

チン　　ゆきさんは　北海道（ほっかいどう）と　沖縄（おきなわ）と　どちらが　好（す）きですか。

ゆき　　わたしは　北海道（ほっかいどう）より　沖縄（おきなわ）の　ほうが　好（す）きです。
　　　　チンさんは　どちらが　好（す）きですか。

チン　　わたしは　あついのが　きらいです。
　　　　それで　沖縄（おきなわ）より　北海道（ほっかいどう）の　ほうが　好（す）きですね。

⭐ 單字

北海道（ほっかいどう）（地名）北海道　　**どんな** 怎麼樣的　　**沖縄（おきなわ）**（地名）沖縄　　**それで** 所以、因此

104

陳　　　雪小姐，北海道是怎麼樣的地方呢？

雪　　　是個既寒冷又常下雪的地方。

陳　　　那麼，沖繩是個怎麼樣的地方呢？

雪　　　是個海邊很漂亮又熱的地方喲。

陳　　　北海道和沖繩，雪小姐喜歡哪一個呢？

雪　　　比起北海道，我更喜歡沖繩，

　　　　陳小姐喜歡哪一個呢？

陳　　　我討厭氣候炎熱，

　　　　因此比起沖繩，我更喜歡北海道。

第一次出現的句子

● ところですよ　　（是）⋯的地方喲

當要告知對方不知道的情報時，可以在句尾接續「よ」。但請注意若太常使用這種句型的話，會給予他人受你管教和干涉的感覺，所以最好看情況適時使用就好。

● あついの　　炙熱的

形容詞「あつい」後面接上「の」，便形成表示「炙熱的（事物）」的所有格代名詞表現。

例　かばんは あかいのより くろいのが 好<ruby>き<rt>す</rt></ruby>です。　　比起紅色的，我喜歡黑色的包包。

● それで　　所以、因此

這是接續詞，表示「因此、所以」。在此句中表示前句內容是造成後半句結果（結論）的原因（理由）。

1 請寫出下列中文單字的日語&日語單字的中文。

① 漂亮的、乾淨的 ＿＿＿＿＿＿＿

② 炙熱的、熱的 ＿＿＿＿＿＿＿

③ 擅長的 ＿＿＿＿＿＿＿

④ 新しい ＿＿＿＿＿＿＿

⑤ 好き(だ) ＿＿＿＿＿＿＿

⑥ せまい ＿＿＿＿＿＿＿

2 請參考範例來完成下列句子。

> ハンサムだ ＋ しんせつだ → ハンサムで、しんせつです。
> 高い ＋ 新しい → 高くて 新しいです。

① 有名だ ＋ にぎやかだ → ＿＿＿＿＿＿＿＿＿＿＿。

② まじめだ ＋ 元気だ → ＿＿＿＿＿＿＿＿＿＿＿。

③ さむい ＋ くらい → ＿＿＿＿＿＿＿＿＿＿＿。

④ 辛い ＋ おいしい → ＿＿＿＿＿＿＿＿＿＿＿。

3 請參考範例來回答下列題目。

> A: いちごと　りんごと　どちらが　好きですか。
>
> B: りんごより　いちごの　ほうが　好きです。

① A: けいたいと　パソコンと　どちらが　べんりですか。

B: _____。

② A: たなかさんと　リさんと　どちらが　りょうりが　上手ですか。

B: _____。

③ A: かばんと　本と　どちらが　大きいですか。

B: _____。

4 請在空格處填入適當的日語。

① ゆきは　まじめ_____、うんてんも　_____です。雪既認真又擅長開車。

② かれは　あたまが　_____、せが　_____です。他既聰明又長得高。

③ 私は　うんてん____　きらいで、りょうりも　_____です。

我討厭開車,也不擅長運動。

④ サッカー____　テニス____　どちらが　_____ですか。

足球和網球,喜歡哪一個呢?。

5 請在聽完後選出適當的選項。

1_119 MP3

① はなこさんは　ハンバーガーの　ほうが　ピザより　好きです。（　）

② はなこさんは　ピザが　好きで　ハンバーガーは　きらいです。（　）

這句話的常體說法是什麼呢？

1_120 MP3

108

07

UNIT

とても
楽^{たの}しかったです。

（過去）非常愉快。

學習內容

- 形容動詞的過去式
- 形容動詞否定形的過去式
- 形容詞的過去式
- 形容詞否定形的過去式
- 這裡／那裡／那裡／哪裡　ここ／そこ／あそこ／どこ
- ～（之中）～最～　～の　（中で）^{なか}～が 一番^{いちばん}

 # 單字

請看圖預習本課之後將會用到的單字。

1_121 MP3

学校
がっこう
學校

会社
かいしゃ
公司

デパート
百貨公司

ホテル
飯店

ぎんこう
銀行

びょういん
醫院

えいがかん
電影院

こうえん
公園

まち
城鎮、街道

核心文法

1

らく
楽でした。
（過去）很舒服、很舒適

1_122 MP3

✓ 形容動詞的過去式

「形容動詞」的語幹後接「でした」，就形成了敬體的過去式表現。後面再接上「か」則變成疑問句。

> **ひまだ** 悠閒的 → **ひまでした**（敬體過去）悠閒的

しごとは たいへんでした。（過去）工作很辛苦。

しゅうまつ
週末は ひまでした。（過去）週末很悠閒。

らく
ホテルは 楽でしたか。（過去）飯店很舒適嗎？

⚠ TIP

「名詞」與「形容動詞」的敬體過去式的很現是一樣的。
がくせい
学生でした。
（過去）是學生。

ひまでした。
（過去）很悠閒。

⭐ 單字

しごと 工作

たいへん (だ)
辛苦的

しゅうまつ
週末 週末

2

ふ べん
不便じゃ ありませんでした。
不會不方便。

1_123 MP3

✓ 形容動詞否定形的過去式

在「形容動詞」的否定形「～じゃ ありません」後面加上「でした」的話，構成「～じゃ ありませんでした」的文法，就形成了否定形的過去式。

> **ひまだ** 悠閒的 → **ひまじゃ ありませんでした**（過去）不悠閒的

へやは きれいじゃ ありませんでした。（過去）房間不乾淨。

べん り
こうつうは 便利じゃ ありませんでした。（過去）交通不方便。

⭐ 單字

ふ べん
不便 (だ) 不方便的、
不便的

こうつう 交通

べん り
便利 (だ) 便利的、
方便的

核心文法

3 とても 楽<small>たの</small>しかったです。
（過去）非常愉快。

1_124 MP3

✓ 形容詞的過去式

「形容詞」的語尾「い」改成「かったです」，就成了過去式的表現。後面再接上「か」則變成疑問句。

> おいしい 好吃的 → おいしかったです （過去）好吃的

昨日<small>きのう</small>は あつかったです。 昨天很熱。

ラーメンは おいしかったです。 （過去）拉麵很好吃。

コンサートは 楽<small>たの</small>しかったですか。 演唱會愉快地渡過了嗎？

★ 單字
とても 相當、非常
楽<small>たの</small>しい 愉快的、有趣的
コンサート 演唱會

4 人<small>ひと</small>は 多<small>おお</small>く ありませんでしたか。
（過去）人不多嗎？

1_125 MP3

✓ 形容詞否定形的過去式

在「形容詞」的否定形「く ありません」後面加上「でした」的話，就形成了形容詞否定形的過去式。後面再接上「か」則變成疑問句。

> おいしい 好吃的 → おいしく ありませんでした （過去）不好吃的

ラーメンは 辛<small>から</small>く ありませんでした。 （過去）拉麵不辣。

えいがかんは 広<small>ひろ</small>く ありませんでした。 （過去）電影院不寬敞。

外<small>そと</small>は さむく ありませんでしたか。 （過去）外面不冷嗎？

★ 單字
えいがかん 電影院
広<small>ひろ</small>い 寬敞的
外<small>そと</small> 外（面）

5 京都の どこが 一番 よかったですか。
京都的哪個地方最棒（了）呢？

1_126 MP3

✓ ここ / そこ / あそこ / どこ 這裡／那裡／那裡／哪裡

ここ	這裡	指離話者近的地方。
そこ	那裡	指離聽者近的地方。
あそこ	那裡	指離聽、說者都很遠的地方。
どこ	哪裡	指某個方向、某個地方。

ここは びょういんです。 這裡是醫院。

あそこは ぎんこうです。 那裡是銀行。

会社は どこですか。 公司在哪裡呢？

★ 單字

京都 （地名）京都

びょういん 醫院

ぎんこう 銀行

会社 公司

✓ 〜の (中で) 〜が 一番 〜（之中）〜最〜

日語中用來表示「最高級」時，常用「〜の中で 〜が一番」句型。「〜の中で」表示「在〜之中」，「一番」表示「最、最為」之意，其中的「中で」有時也會省略不說。

食べ物の 中で 何が 一番 好きですか。
食物中最喜歡的是哪一樣？

映画の 中で 何が 一番 おもしろかったですか。
電影中最有趣的是哪一部？

★ 單字

一番 最、最為

食べ物 食物

何が 什麼（是）

映画 電影

おもしろい 有趣的

📝 核心文法練習

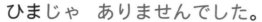

◯ 請用形容動詞的過去式的文法來練習下列的句子。

1_127 MP3

ひまでした。
（過去）悠閒。

ひまじゃ　ありませんでした。
（過去）不悠閒。

だいじょう ぶ
大丈夫でした。
（過去）不要緊。

だいじょう ぶ
大丈夫じゃ　ありませんでした。
（過去）並非不要緊。

げん き
元気でした。
（過去）健康。

げん き
元気じゃ　ありませんでした。
（過去）不健康。

ゆう めい
有名でした。
（過去）有名。

ゆう めい
有名じゃ　ありませんでした。
（過去）不有名。

まじめでした。
（過去）認真。

まじめじゃ　ありませんでした。
（過去）不認真。

★ 單字

だいじょう ぶ
大丈夫 (だ)
不要緊、沒關係

げん き
元気 (だ) 健康的

ゆう めい
有名 (だ) 有名的

まじめ (だ) 認真的

請用形容詞的過去式的文法來練習下列的句子。

おいしかったです。

（過去）好吃。

1_128 MP3

★ 單字

あたたかい	溫暖的
おもしろい	有趣的
いい / よい	好的

おいしく　ありませんでした。

（過去）不好吃。

さむかったです。

（過去）寒冷。

さむく　ありませんでした。

（過去）不寒冷。

あたたかかったです。

（過去）溫暖。

あたたかく　ありませんでした。

（過去）不溫暖。

おもしろかったです。

（過去）有趣。

おもしろく　ありませんでした。

（過去）不有趣。

よかったです。

（過去）好。

よく　ありませんでした。

（過去）不好。

💬 實戰會話

慢速朗讀
1_129 MP3

常速朗讀
1_130 MP3

ゆき　　リさん、お久_{ひさ}しぶりですね。

京都_{きょうと}の　旅行_{りょこう}は　どうでしたか。

リ　　　とても　楽_{たの}しかったです。

ゆき　　京都_{きょうと}の　どこが　一番_{いちばん}　よかったですか。

リ　　　金閣寺_{きんかくじ}が　一番_{いちばん}　よかったです。

ゆき　　人_{ひと}は　多_{おお}く　ありませんでしたか。

リ　　　多_{おお}かったですが、不便_{ふべん}じゃ　ありませんでした。

ゆき　　ホテルは　どうでしたか。

リ　　　広_{ひろ}くて　かいてきでした。

⭐ 單字

お久_{ひさ}しぶりですね 好久不見　　京都_{きょうと}（地名）京都　　旅行_{りょこう} 旅行　　どうでしたか 如何？　　とても 相當、非常

金閣寺_{きんかくじ}（寺名）金閣寺　　不便_{ふべん}だ 不方便的、不便的　　かいてき(だ) 舒適

雪	李先生，好久不見，京都之旅如何了呢？
李	玩得非常愉快。
雪	你覺得京都的哪個地方最棒（了）呢？
李	金閣寺最棒了。
雪	人不多嗎？
李	人很多，但不會感到不方便。
雪	飯店如何（了）呢？
李	既寬敞又舒適。

📍 第一次出現的句子

● **お久しぶりですね** 好久不見

　這句是當與人很久沒碰面後再遇見時的問候用語，也可簡略只說「**お久しぶり**」。

● **どうでしたか** 如何（了）呢？

　表示「…如何？」，用來詢問對於某項經驗的感受或評價。

● **多かったですが** 雖然很多…，但…

　在句尾加上「が」的話，可用來表逆接的用語，即「雖然…是…，但…」。

1 請寫出下列中文單字的日語&日語單字的中文。

① 飯店 _____

② 銀行 _____

③ 不便利的、不便的 _____

④ 学校 _____

⑤ こうえん _____

⑥ 楽しい _____

2 請參考範例來完成下列句子。

A: 昨日、ひまでしたか。
　きのう

B: はい、<u>ひまでした</u>。

　いいえ、<u>ひまじゃ　ありませんでした</u>。

① A: デパートは　にぎやかでしたか。

　B: いいえ、_____。

② A: こうつうは　便利でしたか。
　　　　　　　　べんり

　B: はい、_____。

③ A: ホテルは　きれいでしたか。

　B: いいえ、_____。

3 請參考範例來完成下列句子。

> A: ラーメンは おいしかったですか。
>
> B: はい、おいしかったです。
>
> いいえ、おいしく ありませんでした。

① A: てんきは よかったですか。

　 B: いいえ、＿＿＿＿＿＿＿＿＿＿＿＿＿＿＿＿＿＿＿。

② A: 映画は おもしろかったですか。
えいが

　 B: いいえ、＿＿＿＿＿＿＿＿＿＿＿＿＿＿＿＿＿＿＿。

③ A: りょこうは 楽しかったですか。
たの

　 B: はい、＿＿＿＿＿＿＿＿＿＿＿＿＿＿＿＿＿＿＿＿。

4 請在空格處填入適當的日語。

① びょういんは ＿＿＿＿＿＿＿です。醫院在（較遠的）那裡。

② ぎんこうは ＿＿＿＿＿ですか。銀行在哪裡呢？

③ 食べ物の 中で ＿＿＿＿＿が 一番 ＿＿＿＿＿ですか。
　た もの　なか　　　　　　 いちばん

　 食物中最喜歡的是哪一種呢？

④ 映画の 中で ＿＿＿＿＿が ＿＿＿＿＿ おもしろかったですか。
　えいが　なか

　 電影中最有趣的是哪一部呢？

5 請在聽完後選出適當的選項。

1_131 MP3

① たかはしさんは やさいが 好きです。（　　）
　　　　　　　　　　　　　す

② たかはしさんは やさいが 好きじゃ ありません。（　　）
　　　　　　　　　　　　　す

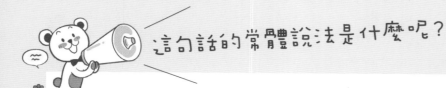

形容動詞的過去式「～でした」的常體說法是「～だった」。否定形的過去式「～じゃ　ありませんでした」的常體說法則是「～じゃ　なかった」。

將形容詞的過去式「～かったです」中的「です」省略不說的話，就是常體的表現。否定形的過去式「～く　ありませんでした」的常體表現則是「～く　なかった」。

08
UNIT

テーブルの
上に あります。
うえ

在桌上。

學習內容

- 有／沒有　あります／ありません
- 有／沒有　います／いません
- 表示位置的文法
- ～層／樓　～階
かい
- 計算物品數量的量詞
- 計算人數的量詞

 單字

請看圖預習本課之後將會用到的單字。

1_ 133 MP3

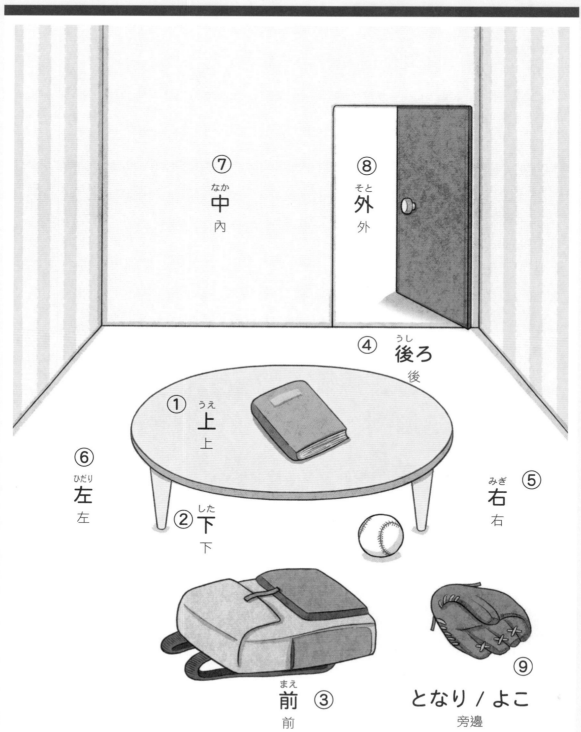

⑦ なか
中
內

⑧ そと
外
外

④ うし
後ろ
後

① うえ
上
上

⑥ ひだり
左
左

② した
下
下

⑤ みぎ
右
右

③ まえ
前
前

⑨
となり / よこ
旁邊

核心文法

1 お茶^{ちゃ}も **ありますか。**
也有茶嗎？

1_134 MP3

☑ **あります／ありません** 有／沒有

「あります」是表示「有、存在」之意的存在動詞，其描述對象為書桌、包包…等無法自行移動的物品。

かばんが あります。 有包包。

何^{なに}も ありません。 什麼都沒有。

エレベーターが ありますか。 有電梯嗎？

2 部長^{ぶちょう}も **いますか。**
部長也在嗎？

1_135 MP3

☑ **います／いません** 有／沒有

與「あります」相同，「います」也是表示「有、在」之意的存在動詞，但「います」描述的對象是人、動物等可自行移動的存在。

学生^{がくせい}が います。 有學生。

ねこと 犬^{いぬ}が います。 有貓和狗。

だれも いませんか。 都沒有人在嗎？

核心文法

---

3 テーブルの 上^{うえ}に あります。

在桌子上。

1_136 MP3

✓ 表示位置的文法

「〜の上に」表示「在〜上（面）」，此句型中的「の」就是「的」，跟中文一樣，「在…上」及「在…的上面」一樣同義，只要有理解，就不一定要在字面上表現出來。「に」則是用來表示地點或位置的助詞。

テーブルの 下^{した}に かばんが あります。 桌下有包包。

きょうしつの 中^{なか}に だれも いません。 教室內沒有任何人。

ぎんこうは びょういんの よこに あります。
銀行在醫院旁邊。

たかはしさんの となりに たかむらさんが います。
高橋先生旁邊有高村先生。

> ⚠ TIP
>
> 再次強調，「あります」和「います」皆是表示存在的動詞，但必須根據描述對象能否自行移動而加以區分使用。

> ⭐ 單字
>
> テーブル 桌子
>
> きょうしつ 教室
>
> ぎんこう 銀行
>
> びょういん 醫院

---

4 部長^{ぶちょう}は 三階^{さんがい}の じむしつに います。

部長在3樓的辦公室。

1_137 MP3

✓ 〜階^{かい} 〜層／樓

日語中的「〜階^{かい}」用來形容建築物的樓層。「幾層／幾樓」的日語則為「何階^{なんかい}」。

1樓	2樓	3樓	4樓	5樓
いっかい 一階	に かい 二階	さんがい 三階	よんかい 四階	ご かい 五階
6樓	7樓	8樓	9樓	10樓
ろっかい 六階	ななかい 七階	はっかい 八階	きゅうかい 九階	じゅっかい 十階

A:トイレは 何階^{なんがい}ですか。 廁所在幾樓？

B:トイレは 二階^{に かい}です。 廁所在2樓。

> ⭐ 單字
>
> じむしつ 辦公室
>
> トイレ 廁所

5 一つ<ruby>ひと</ruby> あります。

有一個。

1_138 MP3

✅ 計算物品數量的量詞

從「一」開始數數時用的數詞是「いち、に、さん…」，而從「一」開始計算物品的數量時，說法就有點不一樣了，如下表。「幾個」的日語則是「いくつ」。

1個	2個	3個	4個	5個
ひと 一つ	ふた 二つ	みっ 三つ	よっ 四つ	いつ 五つ
6個	7個	8個	9個	10個
むっ 六つ	なな 七つ	やっ 八つ	ここの 九つ	とお 十

A: お菓子<ruby>か し</ruby>は いくつ ありますか。　有幾份點心？

B: 八つ<ruby>やっ</ruby> あります。　有8份。

6 十人<ruby>じゅう にん</ruby> います。

有10位。

1_139 MP3

✅ 計算人數的量詞

計算人數時，一位的說法是「ひとり」，兩位的說法是「ふたり」，3位以上的說法則是在「～人<ruby>にん</ruby>」的前面加上數字即可。「幾位」的日語則是「何人<ruby>なんにん</ruby>」。

1位	2位	3位	4位	5位
ひとり 一人	ふたり 二人	さんにん 三人	よ にん 四人	ご にん 五人
6位	7位	8位	9位	10位
ろくにん 六人	ななにん 七人	はちにん 八人	きゅうにん 九人	じゅうにん 十人

A: かいぎしつに 人<ruby>ひと</ruby>が 何人<ruby>なんにん</ruby> いますか。　會議室裡有幾位？

B: 六人<ruby>ろくにん</ruby> います。　共有6位。

✏️ 核心文法練習

⭕ 請用 **あります / ありません** 的文法來練習下列的句子。

1_140 MP3

えんぴつが あります。
有鉛筆。

けいたいは ありません。
沒有手機。

何が ありますか。
有什麼？

何も ありません。
什麼都沒有。

⭕ 請用 **います / いません** 的文法來練習下列的句子。

1_141 MP3

ねこと 犬が います。
有貓和狗。

学生が いません。
沒有學生。

だれが いますか。
有誰呢？

だれも いません。
沒有任何人在。

請用表示位置的單字和量詞的文法來練習下列的句子。

1_142 MP3

つくえの 上^{うえ}に えんぴつが あります。

書桌上有鉛筆。

かばんの 中^{なか}に けいたいが ありません。

包包裡沒有手機。

車^{くるま}の よこに 何^{なに}が ありますか。

汽車旁邊有什麼呢？

テーブルの 上^{うえ}に お菓子^{かし}が 二^{ふた}つ あります。

桌上有兩份點心。

ソファーの 後^{うし}ろに ねこと 犬^{いぬ}が います。

沙發後面有狗跟貓。

外^{そと}に 学生^{がくせい}が いません。

外面沒有學生。

ビルの 中^{なか}に 人^{ひと}が 十人^{じゅうにん} います。

建築物內有10個人。

三階^{さんがい}に だれも いません。

3樓沒有人在。

★ 單字

つくえ 書桌、茶几
上^{うえ} 上面
中^{なか} 裡面
車^{くるま} 車子、汽車
よこ 旁邊
テーブル 桌子
前^{まえ} 前面
お菓子^{かし} 日式糕點
ソファー 沙發
後ろ^{うし} 後面
外^{そと} 外面
ビル 大樓

💬 實戰會話

 慢速朗讀 1_143 MP3　 常速朗讀 1_144 MP3

ゆき　　チンさん、お菓子_{かし}は　どこに　ありますか。

チン　　れいぞうこの　よこに　一つ_{ひと}　あります。

ゆき　　コーヒーは　どこですか。

チン　　テーブルの　上_{うえ}に　あります。

ゆき　　お茶_{ちゃ}も　ありますか。

チン　　いいえ、お茶_{ちゃ}は　ありません。
　　　　ゆきさん、かいぎしつに　何人_{なんにん}　いますか。

ゆき　　十人_{じゅうにん}　います。

チン　　部長_{ぶちょう}も　いますか。

ゆき　　いいえ、いません。部長_{ぶちょう}は　三階_{さんがい}の　じむしつに　います。

⭐ 單字

れいぞうこ 冰箱　　かいぎしつ 會議室　　部長_{ぶちょう} 部長　　じむしつ 辦公室

雪	陳小姐，點心在哪裡呢？
陳	冰箱旁邊有一盒。
雪	咖啡在哪裡呢？
陳	在桌子上有。
雪	也有茶嗎？
陳	沒有，沒有茶。
	雪小姐，會議室裡有幾個人？
雪	有10位。
陳	部長也在（裡面）嗎？
雪	不，部長不在。部長在3樓的辦公室裡。

🔎 第一次出現的句子

📍 ～は　どこですか　～在哪裡呢？

「どこですか」原意是指「哪裡呢？」；而「どこに　ありますか？」即是指「在哪裡呢？」之意。差別上大致就是差有沒有那個「在」，但是依會話的狀況，其實大同小異。

 練習題

答案 p.209

1 請寫出下列中文單字的日語&日語單字的中文。

① 右邊 ＿＿＿＿＿＿＿＿＿＿＿＿

④ 左 ＿＿＿＿＿＿＿＿＿＿＿＿＿

② 點心 ＿＿＿＿＿＿＿＿＿＿＿＿

⑤ だれ ＿＿＿＿＿＿＿＿＿＿＿

③ 外（面） ＿＿＿＿＿＿＿＿＿

⑥ 後ろ ＿＿＿＿＿＿＿＿＿＿＿

2 請依據圖片來回答下列題目。

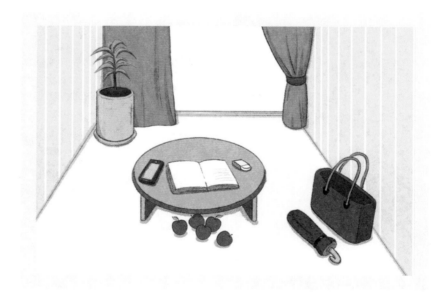

① テーブルの 上に 何が ありますか。 → ＿＿＿＿＿＿＿＿＿＿＿＿＿＿。

② テーブルの 右に 何が ありますか。 → ＿＿＿＿＿＿＿＿＿＿＿＿＿＿。

③ りんごは いくつ ありますか。 → ＿＿＿＿＿＿＿＿＿＿＿＿＿＿＿。

3 請依據圖片來回答下列題目。

① エレベーターの　中(なか)に　人(ひと)が　何人(なんにん)　いますか。

　　→ ＿＿＿＿＿＿＿＿＿＿＿＿＿＿＿＿＿＿＿。

② かいぎしつの　人(ひと)は　何人(なんにん)ですか。

　　→ ＿＿＿＿＿＿＿＿＿＿＿＿＿＿＿＿＿＿＿。

③ 三階(さんがい)に　だれが　いますか。

　　→ ＿＿＿＿＿＿＿＿＿＿＿＿＿＿＿＿＿＿＿。

4 請在空格處填入適當的日語。

① だれも ＿＿＿＿＿＿＿＿＿＿。誰都不在嗎？（沒有人在嗎？）

② じむしつは　十階(じゅっかい)に ＿＿＿＿＿＿＿＿＿＿。辦公室在10樓。

③ つくえの　下(した)に　かばんが ＿＿＿＿＿＿＿＿＿＿。書桌下有包包。

④ きょうしつの　中(なか)に　学生(がくせい)が ＿＿＿＿＿＿＿＿＿＿ います。教室內有20位學生。

1_145 MP3

5 請在聽完後選出適當的選項。

① かいぎしつは　エレベーターの　よこに　あります。（　　）

② トイレは　エレベーターの　よこです。（　　）

1_146 MP3

お金が ある。
有錢。

コーヒー ある(↑)。
有咖啡嗎？

何も ない。
什麼都沒有。

「あります」的常體表現是「ある」、「ありません」的常體表現則是「ない」。

ねこが いる。
有貓。

部長も いる(↑)。
部長也在嗎？

だれも いない。
誰都不在。

「います」的常體表現是「いる」、「いません」的常體表現是「いない」

09
UNIT

<ruby>週末<rt>しゅう まつ</rt></ruby>は たいてい
<ruby>何<rt>なに</rt></ruby>を しますか。

週末通常在忙些什麼？

學 習 內 容

- 動詞
- 動詞的種類
- 動詞ます形

請看圖預習本課之後將會用到的單字。

1_147 MP3

^た
食べる
吃

^の
飲む
喝

^{うた}
歌う
唱

^ね
寝る
睡

^お
起きる
起床

^{はな}
話す
談論、講

^か
書く
寫

^よ
読む
閱讀

^{べんきょう}
勉強する
讀書

核心文法

1

<ruby>週末<rt>しゅうまつ</rt></ruby>は　たいてい　<ruby>何<rt>なに</rt></ruby>を　しますか。

週末通常在忙些什麼？

1_148 MP3

動詞

如「做、去、吃」等描述動作的詞，稱為「動詞」。動詞的原形（辭書形）一定是以「u 段音假名」結尾，根據形態分成五段動詞；上、下一段動詞；及不規則動詞三種。

> <ruby>食<rt>た</rt></ruby>べる 吃（原形） ＝ <ruby>食<rt>た</rt></ruby>べ 語幹（固定） ＋ る 語尾（會語尾變化）

動詞的種類

（1）不規則動詞

不規則動詞只有「する（做）」和「くる（來）」這兩個。語尾變化時沒有固定的規則。「する（做）」經常跟同時具有動作意思的動名詞一起搭配使用，如「<ruby>勉強<rt>べんきょう</rt></ruby>する（讀書）」。

> する（做）　　くる（來）

（2）上一段動詞、下一段動詞

上、下一段動詞的語尾都是「る」。「る」的前面接發[i]音的i段假名時為「上一段動詞」；而前接發[e]音的e段假名時的動詞稱為 「下一段動詞」。（請注意，前述所提到不管る前面接的是i段音還是e段音的假名，除了少數的例外之外，十之八九的假名都是獨立假名，不會有漢字。這是快速判斷上、下一段動詞及接下來ら行五段動詞差異的關鍵點。）

上一段動詞	<ruby>見<rt>み</rt></ruby>る 看　<ruby>起<rt>お</rt></ruby>きる 起床（醒來）
下一段動詞	<ruby>食<rt>た</rt></ruby>べる 吃　<ruby>寝<rt>ね</rt></ruby>る 就寢

（3）五段動詞

五段動詞的語尾就不完全是「る」，是各行假名除了「ゆ」之外，結尾為 u 段音假名的動詞皆屬之。除此之外，也有少部分外形屬於上、下一段動詞，但是卻屬於五段動詞的動詞，請特別注意。

語尾不是「る」的動詞	歌う 唱歌　書く 寫　話す 講話 待つ 等　飲む 喝　遊ぶ 玩
語尾「る」前面接的不是「i段音假名」或「e段音假名」的動詞	終わる 結束　作る 做、製造
外形像上、下一段動詞，但是實屬五段動詞的動詞	切る 切　走る 跑　入る 進入 知る （深入了解）知道　帰る 回去　ける 踢

☑ 動詞ます形

「ます形」指的是將動詞原形變化成字尾為「ます」的形態，也就等同是「敬體」。此時，動詞的語尾變化會隨著動詞的種類有所不同。「～ます」的用途廣泛，一般除了陳述之外，也能用來表達意志或未來式。

（1）不規則動詞ます形

不規則動詞是語尾變化是沒有固定規則的。

> する 做 → します （敬體）做
> くる 來 → きます （敬體）來

べんきょう
勉強を します。 讀書。

あした
明日 また きます。 明天會再來。

しゅうまつ　　　　　　　　なに
週末は たいてい 何を しますか。 週末通常在忙些什麼？

！ TIP

「～を」是放在動作對象後的助詞，一般是與他動詞配合使用。

★ 單字

べんきょう
勉強 讀書

あした
明日 明天

また 再、又

しゅうまつ
週末 週末

たいてい
通常、大致上

（2）上、下一段動詞**ます形**

這類動詞要轉變「ます」很簡單，只要去除語尾「る」改成「ます」就可以了。

> 見る 看 → 見ます（敬體）看
>
> 食べる 吃 → 食べます（敬體）吃

ときどき 映画を 見ます。 時常看電影。

夜は はやく 寝ます。 晚上很早就寢。

朝 何時に 起きますか。 早上幾點起床？

（3）**五段動詞ます形**

五段動詞的「ます形」需將動詞的語尾改成該行假名i段音的假名，再加上「ます」。

> 待つ 等 → 待ちます（敬體）等
>
> 書く 寫 → 書きます（敬體）寫

日記を 書きます。 寫日記。

何を 作りますか。 製作什麼呢？

バスに 乗ります。 搭巴士。

友だちに 会います。 見朋友。

何時に 帰りますか。 幾點回去呢？

⭐ 單字

日記 日記　作る 製作　バス 巴士、公車　乗る 搭乘　会う 見面

帰る 回、回去

❗ TIP

「～に」接在表示時間的單字後面時，表示「在（前接的時間）」之意。

⭐ 單字

ときどき 有時、時常
映画 電影
夜 晚上

はやく 早點
寝る 就寢
朝 早上
何時に 在幾點
起きる 起床

❗ TIP

下為依規則屬應分屬上、下一段動詞，但實際上語尾變化時卻屬於五段動詞的動詞。
走ります。跑
帰ります。回、回去

❗ TIP

要表達「搭巴士」和「見朋友」時，請注意不能在「乗る」和「会う」前使用受詞的助詞「を」，因為這兩個字不是及物的他動詞。此時用「に」，「に」前指得是動作的歸著點。「搭 →（歸著到）巴士」、「見 →（歸著到）朋友」。

核心文法練習

○ 請用不規則動詞**ます形**的文法來練習下列的句子。

何を しますか。
なに
做什麼呢？

いつ きますか。
何時來呢？

1_149 MP3

勉強を します。
べんきょう
讀書。

土ようびに きます。
ど
禮拜六來。

ゲームを します。
玩遊戲。

また きます。
將會再來。

★ 單字	
勉強 讀書	
べんきょう	
ゲーム 遊戲	
いつ 何時	
また 再、又	

○ 請用上、下一段動詞**ます形**的文法來練習下列的句子。

7時に 起きます。
じ　　お
七點起床。

何時に 寝ますか。
なんじ　ね
幾點就寢？

1_150 MP3

ごはんを 食べます。
た
吃飯。

日本語を おしえます。
にほんご
教日語。

映画を 見ます。
えいが　み
看電影。

電話を かけます。
でんわ
打電話。

★ 單字	
起きる 讀書	
お	
ごはん 飯	
映画 電影	
えいが	
何時 何時	
なんじ	
寝る 就寢	
ね	
おしえる 教、告訴	
電話をかける	
でんわ	
打電話	

○ 請用五段動詞 **ます形** 的文法來練習下列的句子。

1_151 MP3

友_{とも}だちを 呼_よびます。
叫朋友。

友_{とも}だちを 待_まちます。
等朋友。

友_{とも}だちに 会_あいます。
見朋友。

友_{とも}だちと 話_{はな}します。
跟朋友談話。

今_{いま} すぐ 行_いきます。
現在馬上就去。

コーヒーを 飲_のみます。
喝咖啡。

かばんを 買_かいます。
買包包。

バスに 乗_のります。
搭巴士。

コートを 脱_ぬぎます。
脱外套。

お風呂_{ふ ろ}に 入_{はい}ります。
泡澡。

★ 單字

呼ぶ_よ 叫
待つ_ま 等
会う_あ 見面
話す_{はな} 談論、講
すぐ 馬上
行く_い 去
飲む_の 喝
買う_か 買
バス 巴士、公車
乗る_の 搭乘
コート 外套
脱ぐ_ぬ 脱
お風呂に入る_{ふ ろ はい} 泡澡

💬 實戰會話

 慢速朗讀 1_152 MP3　 常速朗讀 1_153 MP3

ゆき　リさん、それは　日本（にほん）の小説（しょうせつ）ですね。よく　読（よ）みますか。

リ　はい、小説（しょうせつ）が　好（す）きで　毎日（まいにち）　読（よ）みます。

ゆき　リさん、すごいですね。
日本（にほん）の　アニメとか　映画（えいが）も　見（み）ますか。

リ　もちろんです。よく　見（み）ます。

ゆき　週末（しゅうまつ）は　たいてい　何（なに）を　しますか。

リ　たいてい　うんどうを　します。

ゆき　誰（だれ）と　しますか。

リ　弟（おとうと）と　すいえいを　します。

⭐ 單字

日本（にほん）の小説（しょうせつ） 日本的小説　**よく** 常常、好好地　**小説（しょうせつ）** 小説　**毎日（まいにち）** 每天　**すごい** 驚人、了不起、厲害

アニメ 動畫片　**～とか**（表列舉）或是～　**もちろん** 當然

雪	李先生，那是日本的小說耶，你常常看嗎？
李	對，我喜歡看小說，所以每天都看。
雪	李先生真了不起。你也會看日本動畫片或電影嗎？
李	當然，我經常看。
雪	週末通常去做什麼呢？
李	通常都去運動。
雪	和誰一起去運動呢？
李	和弟弟一起去游泳。

📍 第一次出現的句子

● 好き_すで　因為喜歡

「形容動詞的語幹＋で」除了之前教過是連結兩個句子或形容「又～又～」的並列文法之外，也能夠表達出「因為～，所以～」，用於陳述理由或原因。

● ～とか　（表列舉）或是～

用來列舉兩個以上對象的助詞。

例　日本_{にほん}の アニメとか 映画_{えいが}とか 小説_{しょうせつ}とか…　日本動畫片或是電影或是小說等等…

1 請參考範例來完成下方表格。

例 乗る	のる	搭乘	五段動詞
① 寝る		就寢	
② 洗う		洗	
③	いく		
④	くる	來	
⑤	いれる	放入	
⑥ 話す		談論、講	
⑦ 書く			
⑧ 食べる		吃	
⑨ 飲む	のむ		
⑩	つくる	製造	

2 請參考範例，寫出下列動詞ます形。

待つ 等 → 待ちます（敬體）等

① くる 來 → _____。（敬體）來

② おしえる 教 → _____。（敬體）教

③ 入る 進入 → _____。（敬體）進入

④ およぐ 游泳 → _____。（敬體）游泳

3 請參考範例來回答下列句子。

よく 本_{ほん}を 読_よむ / たまに　　A: よく 本_{ほん}を 読_よみますか。

B: いいえ、たまに <u>読_よみます</u>。

★ 單字

たまに 偶爾

① たまに 映画_{えいが}を 見_みる / よく　　A: たまに 映画_{えいが}を 見_みますか。

B: いいえ、＿＿＿＿＿＿＿＿＿＿＿＿。

② 今日_{きょう} おそく 帰_{かえ}る / はやく　　A: 今日_{きょう} おそく 帰_{かえ}りますか。

B: いいえ、＿＿＿＿＿＿＿＿＿＿＿＿。

③ 朝_{あさ} はやく 起_おきる / おそく　　A: 朝_{あさ} はやく 起_おきますか。

B: いいえ、＿＿＿＿＿＿＿＿＿＿＿＿。

4 請在空格處填入適當的日語。

① 誰_{だれ}＿＿＿ 音楽_{おんがく}を ききますか。和誰聽音樂？

② 私_{わたし}は まいあさ、新聞_{しんぶん}＿＿＿ 読_よみます。我每天早上看報紙。

③ 週末_{しゅうまつ}、友_{とも}だち＿＿＿ 山_{やま}＿＿＿ 行_いきます。週末和朋友上山。

④ 何時_{なんじ}＿＿＿ 寝_ねますか。幾點就寢？

1_154 MP3

5 請在聽完後選出適當的選項。

A 　　B 　　C 　　D

☐　　　☐　　　☐　　　☐

這句話的常體說法是什麼呢？

1_155 MP3

べんきょう
勉強する。
念書。

本を 読む。
閱讀書本。

しゅうまつ
週末は たいてい
なに
何する(↑)。

週末通常在做什麼？

プールで およぐ。
在游泳池裡游泳。

えいが み
映画を 見る。
看電影。

とも あ
友だちに 会う。
見朋友。

動詞的原形就是常體。表達「する（做～）」時，句中常會省略表示動作對象的助詞「～を」。

10
UNIT

家で 勉強を しました。

在家讀書了。

學習內容

- 動詞否定形
- 動詞過去式
- 動詞否定形的過去式
- 助詞 「に」
- 助詞 「で」

 **單字**

請看圖預習本課之後將會用到的單字。

1_156 MP3

テレビを 見る
看電視

コンピュータを する
打電腦

りょうりを 作る
烹飪料理

そうじを する
打掃

音楽を きく
聽音樂

シャワーを あびる
洗澡

お酒を 飲む
喝酒

電話を かける
打電話

タバコを すう
抽菸

核心文法

1　いいえ、あまり 行_いきません。

不，我不太去。

1_157 MP3

✅ 動詞否定形

用「ません」取代「ます」，就形成表示「不做～」的否定句型。

跟ます形一樣，一般除了陳述之外，也能用來表達意志及未來式。這個表現也是敬體。

行_いきます（去）→ 行_いきません（不去）（將不會去）

やさいは 食_たべません。
不吃蔬菜。

お酒_{さけ}は 飲_のみません。
不喝酒。

テレビは あまり 見_みません。
不太看電視。

運動_{うんどう}は ぜんぜん しません。
完全不運動。

これから タバコは すいません。
以後不會再抽菸。

❗ TIP

否定句中出現的「あまり（不太）」、「ぜんぜん（完全、根本）」等都是帶有否定意味的副詞（依每個副詞不同，所表示的否定程度也不同）。

❗ TIP

「は」是大主語。但也能表達「強調」之意。以這裡的例句來說，表達的語感裡含有強調是不會做「は」前述的事物，（不吃蔬菜→（語感上強調）不會去吃蔬菜。等等…）

⭐ 單字

やさい 蔬菜

あまり 不太…

運動_{うんどう} 運動

ぜんぜん 完全、根本

これから
以後、從今以後

2 昨日（きのう）も 行（い）きましたか。
昨天也去了嗎？

1_158 MP3

✓ 動詞過去式

用「ました」取代「ます」，就形成表示「做過～」的動詞過去式，這也是敬體的表現。在句尾加上「か」則變成疑問句。

行（い）きます 去 → 行（い）きました 去了

音楽（おんがく）を ききました。
聽了音樂。

けさ、シャワーを あびました。
今天早上淋浴了。

昨日（きのう）、何時（なんじ）に 帰（かえ）りましたか。
昨天幾點回去的？

★ 單字

音楽（おんがく）をきく 聽音樂

けさ 今天早上

シャワーをあびる
淋浴

帰（かえ）る 回去

3 いいえ、昨日（きのう）は 行（い）きませんでした。
不，昨天沒去。

1_159 MP3

✓ 動詞否定形的過去式

表示否定的「ません」加上表示過去的「でした」，就形成表示「（過去）沒做過～」的動詞否定形的過去式「ませんでした」。

行（い）きます 去 → 行（い）きませんでした （過去）沒去過

へやの そうじを しませんでした。（過去）沒有打掃房間。

ゆうべは 電話（でんわ）を かけませんでした。
昨晚沒有打電話。

★ 單字

そうじ 打掃

電話（でんわ）をかける
打電話

4 今、家に 帰りますか。
いま いえ かえ

現在回家嗎？

1_160 MP3

✅ 助詞「に」

助詞「に」除了表達時間或日期名詞之外，也能搭配地點名詞來表示「動作的歸著點」。常見句型有「～に 行く ／ ～に くる ／ ～に 帰る」。
かえ

A: どこに 行きますか。
い
要去哪裡呢？

B: 学校に 行きます。
がっこう い
要去學校。

A: どこへ 行きますか。
い
要去哪裡呢？

B: 日本へ 帰ります。
に ほん かえ
要回日本。

⭐ 單字

家 家
いえ

学校 學校
がっこう

行く 去
い

---

5 家で 勉強を しました。
いえ べんきょう

在家裡讀書了。

1_161 MP3

✅ 助詞「で」

助詞「で」具有多種意義。前接地點時，表示「動作發生的地點」；搭配工具、交通工作或一些作法、方式等詞時，則表示「方法、手段」。

デパートで 服を 買いました。 在百貨公司買了衣服。
ふく か

地下鉄で きました。 搭地鐵來了。
ち か てつ

⭐ 單字

服 衣服
ふく

買う 買
か

地下鉄 地鐵
ち か てつ

核心文法練習

○ 請用動詞否定形來練習下列的句子。

テレビは 見^みません。
不看電視。

1_162 MP3

ハンバーガーは あまり 食^たべません。
不太吃漢堡。

タバコは ぜんぜん すいません。
完全不抽菸。

お酒^{さけ}は 飲^のみませんか。
不喝酒嗎？

★ 單字

テレビ 電視

ハンバーガー 漢堡

あまり 不太

タバコをすう 抽菸

ぜんぜん 完全、根本

お酒を飲む 喝酒

○ 請用動詞過去式來練習下列的句子。

りょうりを 作^{つく}りました。
煮了飯。

1_163 MP3

パソコンを つかいました。
使用電腦了。

シャワーを あびました。
淋浴了。

そうじを しましたか。
打掃過了嗎？

★ 單字

りょうり 料理

作^{つく}る 製作

パソコン 個人電腦

つかう 使用

シャワーをあびる
淋浴

そうじ 打掃

○ 請用動詞否定形的過去式來練習下列的句子。

1_164 MP3

テレビは 見^みませんでした。

（過去）不看電視。

ハンバーガーは 食^たべませんでした。

（過去）不吃漢堡。

タバコは すいませんでした。

（過去）不抽菸。

お酒^{さけ}は 飲^のみませんでした。

（過去）不喝酒。

○ 請用助詞「に」和「で」來練習下列的句子。

1_165 MP3

家^{いえ}に 帰^{かえ}ります。

回家。

公園^{こうえん}に 行^いきました。

去公園了。

えいがかんで 映画^{えいが}を 見^みました。

在電影院看了電影。

バスで きました。

搭巴士過來了。

★ 單字

家^{いえ} 家

帰^{かえ}る 回家

公園^{こうえん} 公園

えいがかん 電影院

💬 實戰會話

 慢速朗讀 1_166 MP3

 常速朗讀 1_167 MP3

なかた　リさん、今、家に　帰りますか。

リ　　　いいえ、図書館に　行きます。

なかた　そうですか。リさんは　図書館に　よく　行きますか。

リ　　　いいえ、あまり　行きませんが、明日　テストが　あります。

なかた　昨日も　行きましたか。

リ　　　いいえ、昨日は　行きませんでした。
　　　　家で　勉強を　しました。

なかた　私は　今日　終わりましたが、リさんは　いつまでですか。

リ　　　水ようびまでです。

なかた　じゃ、明日も　図書館ですね。

リ　　　明日は　友だちの　家で　勉強します。
　　　　なかたさんは　家まで　何で　帰りますか。

なかた　電車で　帰ります。

⭐ 單字

図書館 圖書館　　**よく** 常常、好好地　　**あまり** 不太　　**終わる** 結束　　**何で** 如何、以什麼（方法）

電車で 搭電車

中田	李先生，你現在要回家嗎？
李	不，我要去圖書館。
中田	是嗎？李先生常去圖書館嗎？
李	不，不太常去，但明天要考試。
中田	昨天也去了嗎？
李	不，昨天沒去，昨天在家裡讀書。
中田	我今天考完了，李先生要考到什麼時候呢？
李	我要考到星期三。
中田	那麼，明天也去圖書館囉！
李	明天要去朋友家讀書。
	中田先生怎麼回家？
中田	我搭電車回家。

📍 第一次出現的句子

● あまり 行_いきませんが、　不太去，但…

在句尾加上「が」的話，可用來表達轉折語氣的「雖然…，但…」。

● 明日_{あした}も 図書館_{としょかん}ですね　明天也去圖書館囉

意思同於「明天也去圖書館」。在中文的表達中，動作句子往往會將動詞強調得很清楚。但在日語的思考邏輯中，常以「名詞＋です」句型來表示動作句子。以這句為例，直譯是「明天也是圖書館囉！」，但就是要講「明天也是要去圖書館囉！」。

● 何_{なに}で　如何、以什麼（方法）

「で」有表示「手段、方法」之意。「何_{なに}」是「什麼」，所以這句就是「如何、以什麼（方法）」，進行後述的行為動作。

1 請寫出下列中文單字的日語&日語單字的中文。

① 聽 ＿＿＿＿＿＿＿＿＿＿＿＿＿

④ 電話 ＿＿＿＿＿＿＿＿＿＿＿＿＿

② 昨晚 ＿＿＿＿＿＿＿＿＿＿＿＿＿

⑤ 地下鉄 ＿＿＿＿＿＿＿＿＿＿＿＿

③ 抽菸 ＿＿＿＿＿＿＿＿＿＿＿＿＿

⑥ 飲む ＿＿＿＿＿＿＿＿＿＿＿＿＿

2 請參考範例來回答下列題目。

よく 本を 読む / あまり → A: よく 本を 読みますか。

B: いいえ、あまり 読みません。

① よく 映画を 見る / あまり

A: ＿＿＿＿＿＿＿＿＿＿＿＿＿＿＿＿＿＿＿。

B: いいえ、＿＿＿＿＿＿＿＿＿＿＿＿＿＿＿。

② ときどき タバコを すう / ぜんぜん

A: ＿＿＿＿＿＿＿＿＿＿＿＿＿＿＿＿＿＿＿。

B: いいえ、＿＿＿＿＿＿＿＿＿＿＿＿＿＿＿。

③ よく 音楽を きく / あまり

A: ＿＿＿＿＿＿＿＿＿＿＿＿＿＿＿＿＿＿＿。

B: いいえ、＿＿＿＿＿＿＿＿＿＿＿＿＿＿＿。

3 請參考範例來回答下列題目。

> A: ゆうべ、お酒を 飲みましたか。
> B: いいえ、飲みませんでした。

① A: 昨日、そうじを しましたか。

B: いいえ、_____。

② A: 昨日、かばんを 買いましたか。

B: いいえ、_____。

③ A: ゆうべ、シャワーを あびましたか。

B: いいえ、_____。

4 請在空格處填入適當的日語。

① どこ_____ 本を 読みますか。 在哪裡讀書呢？

② 先週、友だちが 日本_____ 帰りました。 上週朋友回日本了。

③ 学校まで 電車_____ きます。 搭電車到學校。

④ どこ_____ 行きますか。 要去哪裡呢？

1_168 MP3

5 請在聽完後選出適當的選項。

① リさんは コーヒーを 飲みませんでした。 （　　）

② リさんと 友だちは 北海道で 会いました。 （　　）

③ 家まで 地下鉄で 帰りました。 （　　）

更多補充學習

1_169 MP3

助詞	意思	例句
は	（大主語）	私は 学生です。我是學生。
	（強調）	お酒は 飲みません。不喝酒。
が	（小主語）	これが 本です。這是書。
を	（受詞的助詞）	ごはんを 食べます。吃飯。
の	～的（所有格）	これは 友だちの かばんです。這是朋友的包包。
	～的（東西）（所有格代名詞）	これは 母のです。這是媽媽的東西。
も	～也	私も 学生です。我也是學生。
と	～和／及／與	父と 話します。和爸爸談論。
で	表示動作發生的地點	学校で 勉強を します。在學校念書。
	表示方法及手段	バスで 行きます。搭巴士去。
に	表示動作的歸著點（目的地）	日本に 行きます。去日本。
	表示動作發生的時間	6時に 起きます。六點起床。
へ	表示動作朝向的方位	家へ 帰ります。回家。
から	從～起（開始）	授業は 午前 10時からです。課程從上午十點開始。
まで	到～為止（結束）	銀行は 午後 4時までです。銀行到下午四點為止。

昨天	昨晚／昨夜	前天	上週	上個月
昨日	ゆうべ / 昨日の夜	おととい	先週	先月
去年	小時候	學生時期	先前／之前	往日
去年 / 昨年	子どもの 時	学生の 時	前は	昔

11 UNIT

しょく　じ
食事に
い
行きませんか。

要不要去吃飯呢？

學習內容

- 不（做）～嗎？　～ませんか
  （做）～好嗎？　～ましょうか
- （為了某目的）去（做）　動詞ます形＋に 行^いく
- 名詞＋に 行^いく
- 想　動詞ます形＋～たい
- 一邊～、一邊～　動詞ます形＋～ながら

請看圖預習本課之後將會用到的單字。

1_170 MP3

お茶を 飲む

喝茶

ごはんを 食べる

吃飯

散歩を する

散步

会議を する

開會

ドライブを する

開車、兜風

お風呂に 入る

洗澡、泡澡

恋人に 会う

和男、女朋友見面

新聞を 読む

看報紙

服を 買う

買衣服

1 行き**ませんか**。

行(い)き

要不要去吃飯呢？

1_171 MP3

✓ **～ませんか** 不（做）～嗎？

「ませんか」是在「～ます」的否定形「～ません」後加上表示疑問的「か」，即能表達「不做～嗎？」之意。用於邀請對方做某種行為，或詢問對方做某種行為的意願。

一緒に ごはんを 食べませんか。

一緒(いっしょ)に ／ 食(た)べ

要不要一起吃個飯呢？

ドライブでも しませんか。

要不要去兜個風（或做什麼）呢？

ちょっと 歩きませんか。

歩(ある)き

要不要稍微走一下呢？

> **TIP**
>
> 「～でも」大多接在名詞後，表示「…之類」的列舉。若搭配後接「～ませんか」，則表示「要不要去做～呢？」之意。話者先提一個基本的提議，最後聽者的決定也可能是其他的選項。

> **⭐ 單字**
>
> **一緒(いっしょ)に** 一起
>
> **ドライブ** 兜風
>
> **～でも**（列舉一樣基準）做某事，或～
>
> **ちょっと** 稍微
>
> **歩(ある)く** 走、走路

2 ちょっと 歩き**ましょうか**。

歩(ある)き

稍微走一下好嗎？

1_172 MP3

✓ **～ましょうか** （做）～好嗎？

「～ましょうか（～好嗎？）」與「～ませんか」意思相近，用來詢問或勸誘對方一起做某種行為。即使省略「か」變成「～ましょう」，意思也是一樣的。

一緒に ごはんを 食べましょうか。 一起吃個飯好嗎？

一緒(いっしょ)に ／ 食(た)べ

ドライブでも しましょう。 去兜個風（或做些其他的事）好嗎？

ちょっと 歩きましょうか。 稍微走一下好嗎？

歩(ある)き

> **TIP**
>
> 「～ませんか」和「～ましょうか」意思相近，但「～ましょうか」、「～ませんか」的語氣較為禮貌。

> **TIP**
>
> 接受提議時可說「いいですね（好啊！）」，拒絕提議時則回覆「すみません（不好意思／對不起）」即可。

核心文法

3 食べに 行きましょう。

去吃（飯）。

1_173 MP3

✅ 動詞ます形 + に 行く （為了某目的）去（做）～

在說明這項文法前，我們快速來確認一個觀念。之前在學習動詞的章節
（第138頁）已經有提到動詞ます形的概念。不規則動詞是「する → し
ます、くる → きます」；上、下一段動詞是去掉語尾「る」，改成「ま
す」；五段動詞則是去掉u段音的語尾，並改成同一行i段音的假名再接上
「ます」。但事實上，當ます形中的ます去除後，所剩下來的部分也還是
稱為ます形。好像有點混亂？沒關係，我們直接看一下

動詞類型	ます形	這樣依舊是「ます形」
不規則動詞	します（做） きます（來）	します きます
上、下一段動詞	おきます（起床） たべます（吃）	おきます たべます
五段動詞	うたいます（唱） はなします（談論、講）	うたいます はなします

映画を 見に 行きます。 去看電影。

上面表格中，刪除ます後標示紅字部分，是一種動詞的名詞化，也仍然稱為「ます形」。而本項的文
法後提到的「ます形」，指的是這個部分。在日語中，表示「去做～」之意的文法是「動詞ます形＋～
に 行く」。此時，接在助詞「に」前的「動詞ます形」表示動作的目的。也可用「くる」或「出かけ
る」等移動性的動詞取代「行く」。

4 食事に 行きませんか。

要不要去吃飯？

1_174 MP3

✅ 名詞 + に 行く 去（做）～

名詞後面直接接「に＋行く」時，也表示「去做～（前面的名詞）」之意。但並非所
有名詞都可以套用，只有「～を する」型態的動名詞才能套用此文法。

散歩	**散歩を する**	去散步	**散歩を しに 行く → 散歩に 行く**
讀書	**勉強を する**	去讀書	**勉強を しに 行く → 勉強に 行く**
吃飯	**食事を する**	去吃飯	**食事を しに 行く → 食事に 行く**
開會	**会議を する**	去開會	**会議を しに 行く → 会議に 行く**

5 何が 食べたいですか。
想吃什麼呢？

1_175 MP3

☑ 動詞ます形 + たい　想～

用「動詞ます形」（不含ます）加上表示「想～」的「たい」，就能構成「想做～」的意思。「～たいです」是「想做～」的敬體表達。「たい」的語尾變化與「形容詞」一模一樣，所以「不想做～」的敬體表達便是「～たく ありません」。「～たい」前面常接小主語「が」用以提示想要的前述事物。

食べる ＋ たいです → 食べたいです（敬體）想吃

食べる ＋ たく ありません → 食べたく ありません（敬體）不想吃

新しい 服が 買いたいです。　想買新衣服。

何も 食べたく ありません。　什麼都不想吃。

> ★ 單字
> 新しい 新的
> 服 衣服
> 買う 買
> 何も 什麼都

6 歩きながら 話しましょう。
一邊走一邊聊。

1_176 MP3

☑ 動詞ます形 + ながら　一邊～、一邊～

「ながら」是表示二項動作同時進行的文法。「動詞ます形＋ながら」相當於中文的「一邊～、一邊～」。

音楽を 聞きながら 本を 読みます。
一邊聽音樂、一邊讀書。

コーヒーを 飲みながら テレビを 見ました。
一邊喝咖啡、一邊看電視。

> ★ 單字
> 歩く 走
> 話す 講話
> 音楽 音樂
> 聞く 聽

📝 核心文法練習

⭕ 請用～**ませんか** / ～**ましょうか** 的文法來練習下列的句子。

1_177 MP3

お茶でも　飲みませんか。
要不要喝個茶（或其他的什麼）呢？（茶是基本的選項）

ごはんでも　食べませんか。
要不要吃個飯（或其他的）呢？（吃飯是個基本的選項）

映画でも　見ましょうか。
一起去看個電影（或做什麼）好嗎？（看電影是個基本的選項）

ちょっと　歩きましょうか。
稍微走一下好嗎？

⭐ 單字

～でも（列舉一樣基準）某事物，或～

ちょっと 稍微

歩く 走、走路

⭕ 請用～**に 行く** 的文法來練習下列的句子。

1_178 MP3

図書館に　本を　借りに　行きませんか。
要不要去圖書館借書呢？

コーヒーを　飲みに　行きましょうか。
我們去喝咖啡好嗎？

散歩に　行きませんか。
要不要去散步呢？

デパートに　買い物に　行きましょうか。
我們去百貨公司購物好嗎？

⭐ 單字

図書館 圖書館

借りる 借

散歩 散步

買い物 購物、買東西

○ 請用～**たい**的文法來練習下列的句子。

1_179 MP3

ごはんが 食^たべたいです。

想吃飯。

あたたかい お茶^{ちゃ}が 飲^のみたいです。

想喝暖呼呼的茶。

新^{あたら}しい くつが 買^かいたいです。

想買新鞋。

何^{なに}も 食^たべたく ありません。

什麼都不想吃。

★ 單字

あたたかい
溫暖的、暖呼呼的、溫
的

新^{あたら}しい 新的

くつ 鞋子

買^かう 買

何^{なに}も 什麼都

○ 請用～**ながら**的文法來練習下列的句子。

1_180 MP3

音楽^{おんがく}を 聞^ききながら 散歩^{さんぽ}を します。

一邊聽音樂，一邊散步。

新聞^{しんぶん}を 読^よみながら ごはんを 食^たべます。

一邊看新聞，一邊吃飯。

歩^{ある}きながら 話^{はな}しました。

一邊走路，一邊聊天了。

歌^{うた}を 歌^{うた}いながら お風呂^{ふろ}に 入^{はい}りました。

一邊唱歌，一邊泡澡了。

★ 單字

音楽^{おんがく} 音樂

聞^きく 聽

新聞^{しんぶん} 報紙

話^{はな}す 談論、講

歌^{うた}を 歌^{うた}う 唱歌

お風呂^{ふろ}に 入^{はい}る
泡澡、洗澡

💬 實戰會話

慢速朗讀
常速朗讀

1_181 MP3   1_182 MP3

ゆき　　チンさん、仕事の 後 食事に 行きませんか。

チン　　いいですね。行きましょう。

ゆき　　チンさんは 何が 食べたいですか。

チン　　トンカツが 食べたいですが、ゆきさんは どうですか。

ゆき　　トンカツですか。すみません、それは ちょっと…。
　　　　昼に 食べました。ピザは どうですか。

チン　　ピザでも いいですよ。

ゆき　　じゃ、ピザを 食べに 行きましょう。

チン　　ああ、お腹 いっぱいですね。ちょっと 歩きましょうか。

ゆき　　はい、歩きながら 話しましょう。

⭐ 單字

仕事 工作　　**後** …後、…之後　　**食事** 吃飯、用餐　　**トンカツ** 豬排　　**ちょっと** 稍微　　**昼** 白天、中午
ピザ 披薩　　**お腹** 肚子　　**いっぱい (だ)** 滿滿的、脹

雪	陳小姐，工作結束後要不要一起去吃飯呢？
陳	好啊，一起去吧！
雪	陳小姐想吃什麼呢？
陳	我想吃豬排，雪小姐覺得如何？
雪	豬排嗎？對不起…這有點… （因為豬排）我中午已經吃過了。 吃披薩如何？
陳	披薩也可以。
雪	那就去吃披薩吧！

| 陳 | 啊～吃得肚子好飽，
稍微走一下好嗎？ |
| 雪 | 好，邊走邊聊吧！ |

📍 第一次出現的句子

● **どうですか**　　如何？

表示「…如何？」，用來問候對方或詢問對方的意見。

● **お腹(なか) いっぱいですね**　　肚子很飽

「いっぱい」有兩個意思，一個是「滿滿的、很多」，另一個是「一杯（飲料）」的意思。用在前述的意思時，往往只寫平假名；用在後述的意思時，則習慣書寫漢字。

(例) ごはん いっぱい おねがいします。麻煩您給我一碗滿滿的白飯。
お酒一杯(さけいっぱい) おねがいします。麻煩您給我一杯酒。

1 請寫出下列中文單字的日語&日語單字的中文。

① 兜風 _____

② 泡澡 _____

③ 報紙 _____

④ 買う _____

⑤ 散歩 _____

⑥ 出かける _____

2 請參考範例來完成下列句子。

お茶を 飲む　→　お茶を 飲みませんか。
　　　　　　　　お茶を 飲みましょうか。

① ごはんを 食べる

→ _____。

→ _____。

② 散歩を する

→ _____。

→ _____。

③ 映画を 見に 行く

→ _____。

→ _____。

④ 買い物に 行く

→ _____。

→ _____。

3 請參考範例來回答下列題目。

A: コーヒーが 飲みたいですか。
B: はい、飲みたいです。
　　いいえ、飲みたく ありません。

① A: 日本に 行きたいですか。
　 B: はい、＿＿＿＿＿＿＿＿＿＿＿＿＿＿＿＿＿。

② A: おすしが 食べたいですか。
　 B: いいえ、＿＿＿＿＿＿＿＿＿＿＿＿＿＿＿＿。

③ A: 友だちに 会いたいですか。
　 B: はい、＿＿＿＿＿＿＿＿＿＿＿＿＿＿＿＿＿。

4 請在空格處填入適當的日語。

① 音楽を 聞き＿＿＿＿＿＿ コーヒーを 飲みます。一邊聽音樂，一邊喝咖啡。
② ドライブ＿＿＿＿ しませんか。要不要去兜個風（或做什麼）呢？
③ デパートに 服を 買い＿＿ 行きましょうか。我們去百貨公司買衣服好嗎？
④ あたたかい お茶が 飲み＿＿＿＿＿です。我想喝熱呼呼的茶。

1_183 MP3

5 請在聽完後選出適當的選項。

① 二人は 来週の 土ようびに 映画を 見に 行きます。（　　）
② 二人は 明日 映画館に 行きます。（　　）

日本動畫與海嘯

《となりのトトロ（龍貓）》

（ツナミ（海嘯））

　　說日本是全球動漫產業最發達的國家一點也不為過。日本發行的紙本漫畫和動畫片大多都廣受歡迎。動畫片的日語拼寫方式是取自英文 animation（動畫片）之前半部分，稱作「ANIME（アニメ）」。「アニメ」一詞雖源自英文，但隨著日本動畫片在全球的知名度和人氣日益高漲，成為了國際間用來稱呼「日本動畫」通用的專有名詞，「ANIME」一詞甚至還被收錄英語系國家的字典上。而「TSUNAMI（ツナミ，海嘯）」一詞的情況也是如此。即使海嘯的正式英文是「seismic sea wave」，但國際間提到海嘯時還是受日文深厚的影響，比較常用「TSUNAMI」一詞。

12 UNIT

<ruby>早<rt>はや</rt></ruby>く <ruby>準備<rt>じゅん び</rt></ruby>して
ください。

請快點準備。

學習內容

- 動詞 て形
- 正在（做）～ ～ています
- 請（做）～ ～て ください

 單字

請看圖預習本課之後將會用到的單字。

1_185 MP3

手を 洗う
洗手

歯を みがく
刷牙

宿題を する
寫作業

スーパーに 行く
去超市

電気を つける
打開電源、開燈

いすに 座る
坐在椅子上

写真を とる
拍照

窓を 開ける
開窗

窓を 閉める
關窗

核心文法

1

とも　　　　　あ　　　　の　　　　い
友だちに 会って 飲みに 行きます。

跟朋友見面，一起去喝酒。

1_186 MP3

☑ 動詞て形

若能靈活運用動詞て形，就能將兩個句子或動詞連結成一個完整句子。「て形」用來表達事情的順序或原因、理由。現在就一起來認識各類型的動詞轉換成て形的方法吧！

(1)

不規則動詞

屬於不規則動詞，直接記起來吧。

基本形	て形	意思
する	**して**	因為做、做了之後
くる	**きて**	因為來、來了之後

しゅくだい　　　　　　　　　　　　　み
宿題を して ドラマを 見ました。

寫了作業之後，就看了連續劇。

かいしゃ　　　　　　しごと　　　はじ
会社に きて 仕事を 始めました。

來了公司之後就開始工作了。

★ 單字

しゅくだい
宿題 作業

ドラマ 連續劇

かいしゃ
会社 社會

しごと
仕事 工作

はじ
始める 開始

(2)

上、下一段動詞

將動詞語尾的「る」去掉，直接換成「て」即可。

基本形	て形	意思
み **見る**	み **見て**	因為看、看了之後
た **食べる**	た **食べて**	因為吃、吃了之後

み　　　　　しゅくだい
ドラマを 見て 宿題を しました。 看連續劇之後，就寫作業了。

た　　　　は
ごはんを 食べて 歯を みがきました。 吃飯之後，就刷牙了。

核心文法

（3）五段動詞

・語尾是「う、つ、る」的動詞，將語尾直接換成「って」。

・語尾是「ぬ、む、ぶ」的動詞，將語尾直接換成「んで」。

・語尾是「く／ぐ」的動詞，將語尾分別直接換成「いて／いで」。

・語尾是「す」的動詞，將語尾直接換成「して」。

・「行<ruby>行<rt>い</rt></ruby>く」及外觀像上、下一段動詞的例外五段動詞，將語尾直接換成「って」。

原形（辭書形）	活用 （語尾變化）	て形	意思
買<ruby>か</ruby>う	って	買<ruby>か</ruby>って	因為買、買了之後
待<ruby>ま</ruby>つ	って	待<ruby>ま</ruby>って	因為等、等了之後
作<ruby>つく</ruby>る		作<ruby>つく</ruby>って	因為製作、製作了之後
死<ruby>し</ruby>ぬ	んで	死<ruby>し</ruby>んで	因為死、死了之後
飲<ruby>の</ruby>む		飲<ruby>の</ruby>んで	因為喝、喝了之後
遊<ruby>あそ</ruby>ぶ		遊<ruby>あそ</ruby>んで	因為玩、玩了之後
書<ruby>か</ruby>く	いて	書<ruby>か</ruby>いて	因為寫、寫了之後
泳<ruby>およ</ruby>ぐ	いで	泳<ruby>およ</ruby>いで	因為游泳、游泳了之後
話<ruby>はな</ruby>す	して	話<ruby>はな</ruby>して	因為談論、談論了之後
＊行<ruby>い</ruby>く	って	行<ruby>い</ruby>って	因為去、去了之後
＊走<ruby>はし</ruby>る		走<ruby>はし</ruby>って	因為跑、跑了之後

手<ruby>て</ruby>を 洗<ruby>あら</ruby>って、歯<ruby>は</ruby>を みがきます。

洗了手之後就刷牙。

コーヒーを 飲<ruby>の</ruby>んで、本<ruby>ほん</ruby>を 読<ruby>よ</ruby>みます。

喝了咖啡之後就讀書。

スーパーに 行<ruby>い</ruby>って、たまごを 買<ruby>か</ruby>います。

去了超市之後就買雞蛋。

★ 單字

手<ruby>て</ruby>を洗<ruby>あら</ruby>う 洗手

歯<ruby>は</ruby>をみがく 刷牙

スーパー 超市

たまご 雞蛋

2 　今、作って います。
いま、つく

現在正在製作。

～て います　正在(做)～

「動詞て形」＋「います」，表示目前「正在進行」某動作。

今、本を 読んで います。
いま ほん よ

現在正在讀書。

> **單字**
>
> いっしょうけんめい
> 竭盡全力
>
> 勉強する 讀書
> べんきょう

いっしょうけんめい 勉強して います。
べんきょう

正竭盡全力地在念書。

今、何を して いますか。
いま なに

現在正在做什麼呢？

3 　早く 準備して ください。
はや じゅんび

請快點準備。

～て ください　請(做)～

「動詞て形」＋「ください」，表示拜託或委婉命令對方做某件事。

写真を とって ください。
しゃしん

請拍照。

手を 洗って ください。
て あら

請洗手。

ここに お名前を 書いて ください。
なまえ か

請在這裡簽名。

> **TIP**
>
> 「名詞＋ください」表示「請給我～」之意。「動詞て形＋ください」則表示「請(做)～」的意思。
>
> お菓子 ください。
> かし
> 請給我點心。
>
> 帰って ください。
> かえ
> 請回去。

> **單字**
>
> 早く 快點
> はや
>
> 準備する 準備
> じゅんび
>
> 写真をとる 拍照
> しゃしん

核心文法練習

○ 請用動詞 **て形** 的文法來練習下列的句子。

1_189 MP3

しゅくだい
宿題を　して、寝ます。

寫了作業後就睡覺。

えいが
映画を　見て、デパートに　行きました。

看完電影後就去百貨公司了。

がっこう
学校へ　行って、友だちと　話しました。

去學校跟朋友聊天了。

は
歯を　みがいて、顔を　洗いました。

刷完牙後就洗臉了。

チケットを　買って、映画館に　入りました。

買票之後，就進去電影院了。

へや
部屋に　入って、電気を　つけます。

進房間後開燈。

さとうを　入れて、コーヒーを　飲みました。

加了（沙）糖後，喝下了咖啡。

ほん
本を　読んで、メモを　しました。

讀了書後，作了筆記。

およ
泳いで、ジュースを　飲みました。

游泳之後，喝了果汁。

ドアを　閉めて、出かけました。

關上門，就外出了。

★ 單字

宿題 作業
寝る 就寢
歯をみがく 刷牙
顔 臉
洗う 洗
チケット 票、門票
映画館 電影院
入る 進去
電気をつける 開燈
さとう 沙糖
入れる 放入
メモ 便條紙、筆記
泳ぐ 游泳
ドアを閉める 關門
出かける 外出

○ 請用**〜て います**的文法來練習下列的句子。

A: 今、何を して いますか。 現在你正在做什麼呢？

B: ごはんを 食べて います。 我正在吃飯。

パソコンを 使って います。 我正在使用電腦。

ピアノを ひいて います。 我正在彈鋼琴。

友だちを 待って います。 我正在等朋友。

1_190 MP3

★ 單字

パソコン 個人電腦

使う 使用

ピアノをひく
彈鋼琴

待つ 等

○ 請用**〜て ください**的文法來練習下列的句子。

窓を 閉めて ください。 請關窗。

写真を とって ください。 請拍照。

料理を 教えて ください。 請教我做料理。

チケットを 見せて ください。 請出示門票。

いすに 座って ください。 請坐在椅子上。

1_191 MP3

★ 單字

窓を閉める 關窗

写真をとる 拍照

料理 料理

教える 教、告訴

見せる 出示

いすに座る
坐在椅子上

💬 實戰會話

慢速朗讀
1_192 MP3

常速朗讀
1_193 MP3

部長　　チンさん、会議の　資料は　できましたか。

チン　　すみません。今、作って　います。

部長　　ええ、まだですか。
　　　　早く　準備して　ください。
　　　　会議は　もうすぐですよ。

チン　　はい、分かりました。

ゆき　　今日の　会議は　大変でしたね。

チン　　そうでしたね。ゆきさん、これから　何を　しますか。

ゆき　　友だちに　会って、飲みに　行きます。
　　　　お先に　失礼します。

チン　　はい、今日は　本当に　おつかれさまでした。

⭐ 單字

会議 會議　　**資料** 資料　　**できる** 做完、做好　　**まだ** 還（沒）、尚（未）　　**もうすぐ** 馬上、快要、眼看

分かる 知道、理解　　**これから** 從現在起、從今以後　　**お先に** 先　　**失礼する** 告辭、再見　　**本当に** 真的、著實

おつかれさまでした 辛苦了

部長　　陳小姐，資料都做好了嗎？

陳　　　對不起，現在正在做。

部長　　什麼？還沒做好嗎？請趕快準備，會議馬上要開始了。

陳　　　是的，我知道了。

- -

雪　　　今天的會議很辛苦吧？

陳　　　對啊。小雪小姐，之後要做什麼呢？

雪　　　我要去見朋友，然後一起去喝酒，先告辭了。

陳　　　是的，今天真的辛苦您了。

📍 第一次出現的句子

● **もうすぐですよ**　　馬上就要開始了

「もうすぐ」的中文是「馬上、快要」。雖然句中沒出現意味著「開始」的動詞，但這句日語的語感中已經有包含「馬上要開始」之意。終助詞「よ」常於告知、提醒、教導對方資訊或抱怨的情況下使用。

● **飲みに　行く**　　去喝

表達「要去喝飲料、水或酒的意思」，但在日本語的語言文化中，如果話中沒有明說是喝什麼時，通常都是指去「去喝酒」。

● **お先に　失礼します**　　先失禮了、先告辭了

這句話是指有事要先走一步時所用的道別用語。

● **おつかれさまでした**　　辛苦了

準備從公司下班或完成某件事情後，用來互相勉勵的問候語。這句話是平輩對長輩使用的。

**練習題**

1 請寫出下列中文單字的日語&日語單字的中文。

① 電、燈 ＿＿＿＿＿＿＿＿＿＿＿＿＿   ④ 洗う ＿＿＿＿＿＿＿＿＿＿＿＿＿

② 刷牙 ＿＿＿＿＿＿＿＿＿＿＿＿＿   ⑤ 写真 ＿＿＿＿＿＿＿＿＿＿＿＿＿

③ 快點 ＿＿＿＿＿＿＿＿＿＿＿＿＿   ⑥ 窓を 閉める ＿＿＿＿＿＿＿＿＿

2 請參考範例來完成下方表格。

⑨ 見る	みて	因為看、看了之後	上、下一段動詞
① 寝る		因為就寢、就寢了之後	上、下一段動詞
② 泳ぐ		因為游泳、游了之後	五段動詞
③ 死ぬ		因為死、死了之後	五段動詞
④ 話す		因為談論、談論了之後	五段動詞
⑤ 歌う		因為唱、唱了之後	五段動詞
⑥ 聞く		因為聽、聽了之後	五段動詞
⑦ する		因為做、做了之後	不規則動詞
⑧ 待つ		因為等、等了之後	五段動詞
⑨ 洗う		因為洗、洗了之後	五段動詞
⑩ 帰る		因為回去、回去了之後	五段動詞

3 請參考範例來完成下列句子。

ごはんを 食べる → <u>今、ごはんを 食べて います。</u>

① 顔を 洗う → _____。

② 写真を とる → _____。

③ パソコンを 使う → _____。

4 請在空格處填入適當的日語。

① 部屋に _____ ください。 請進入房間。

② 写真を _____ ください。 請拍照。

③ 今、日記を _____ います。 現在正在寫日記。

④ 公園を _____ います。 正在公園跑步。

1_194 MP3

5 請仔細聽，寫下符合圖中人物的名字。

A _____

B _____

C _____

D _____

E _____

日本的三大將軍

織田信長 織田信長

豊臣秀吉（羽柴秀吉）
豐臣秀吉（羽柴秀吉）

德川家康 德川家康

　　16世紀的日本陷入宛如中國春秋戰國時期般的混亂時代。如同秦始皇統一了整個中國一樣，日本在16世紀末也結束了戰國時代，達到全國統一。在這段時期中有三名表現活躍的知名將軍，分別是織田信長、豐臣秀吉和德川家康，其中最受日本民眾愛戴，且奠定日本統一基礎的人物，就是織田信長，而最後成功統一日本的人物則是豐臣秀吉和德川家康。與這三名將軍相關的軼聞不勝枚舉，在日本文學中，一首流傳在日本江戶時代的狂歌便記載著下面這段日本統一過程的內容：

織田がつき　　　　　　　　織田搥打出名為天下的糯米糰
羽柴がこねし天下餅　　　　羽柴將這塊糯米糰製成了糕餅
すわりしままに食うは德川　德川坐著吃掉了這塊現成的糕餅

編註　「羽柴」為豐臣秀吉打天下時期的舊姓，此即指「豐臣秀吉」。

13

UNIT

お台場に 行った ことが ありますか。

去過台場嗎？

學習內容

- 動詞過去式
- 曾做過～ ～た ことが あります
- （列舉）或～或～ ～たり、～たり します

請看圖預習本課之後將會用到的單字。

1_196 MP3

地下鉄に 乗る
ち か てつ の
搭地鐵

出張に 行く
しゅっちょう い
出差

外国語を 習う
がいこく ご なら
學外語

キムチを 作る
つく
做泡菜

家で 休む
いえ やす
在家休息

メールを 送る
おく
發送電子郵件

芸能人を 見る
げいのうじん み
看藝人

すしを 食べる
た
吃壽司

映画を 見る
えい が み
看電影

核心文法

1 お台場に 行った ことが ありますか。
去過台場嗎？

1_197 MP3

✅ 動詞過去式

「動詞過去式」表示過去某時間點發生的動作，是敬體「～ました」的常體說法。其語尾變化（活用）跟動詞的て形一模一樣。主要用在跟親近的對象對話時，疑問句的語尾語調上揚。「過去式」除了是過去式常體之外，還能跟其他文法搭配組成新的文法。現在一起試著將各類型動詞改成過去式吧！

（1）不規則動詞
屬於不規則動詞，直接記起來吧！

原形（辭書形）	過去式（～た）	意思
する	**した**	做了
くる	**きた**	來了

宿題、した(↑)。 作業寫了嗎？ **地下鉄が きた。** 地鐵來了。

（2）上、下一段動詞
將動詞語尾的「る」直接換成「た」即可。

原形（辭書形）	過去式（～た）	意思
見る	**見た**	看了
食べる	**食べた**	吃了

朝 早く 起きた。 早上很早起床了。

さいふを 忘れた(↑)。 忘了帶錢包了嗎？

> **★ 單字**
> **お台場**（地名）台場

> **⚠ TIP**
> 「忘れる」跟中文一樣，除了「忘記」的意思之外，也可以用在「遺失（忘在）」隨身物品的情況下。

> **★ 單字**
> **さいふ** 錢包
> **忘れる**
> 忘、忘記、忘在

核心文法

（3）五段動詞

・語尾是「う、つ、る」的動詞，將語尾直接換成「った」。

・語尾是「ぬ、む、ぶ」的動詞，將語尾直接換成「んだ」。

・語尾是「く／ぐ」的動詞，分別將語尾直接換成「いた／いだ」。

・語尾是「す」的動詞，將語尾直接換成「した」。

・「行く」及外觀像上、下一段動詞的例外五段動詞，將語尾直接換成「った」。

原形（辭書形）	活用（語尾變化）	た過去式（～た）	意思
買（か）う	った	買（か）った	買了
待（ま）つ		待（ま）った	等了
作（つく）る		作（つく）った	製作了
死（し）ぬ	んだ	死（し）んだ	死了
飲（の）む		飲（の）んだ	喝了
遊（あそ）ぶ		遊（あそ）んだ	玩了
書（か）く	いた	書（か）いた	寫了
泳（およ）ぐ	いだ	泳（およ）いだ	游了
話（はな）す	した	話（はな）した	說了
＊行（い）く	った	行（い）った	去了
＊走（はし）る		走（はし）った	跑了

地下鉄（ちかてつ）に 乗（の）った。搭了地鐵。

昨日（きのう）、家（いえ）で 休（やす）んだ。昨天在家休息了。

ゆうべ、メールを 送（おく）った。昨晚發寄了電子郵件。

先月（せんげつ）、出張（しゅっちょう）に 行（い）った。 上個月出差了。

⭐ 單字

休（やす）む 休息

メール 電子郵件

送（おく）る 送、寄送（郵件）

先月（せんげつ）上個月

出張（しゅっちょう）出差

184

☑ 〜た ことが あります 曾做過〜

這個句型用常體「動詞過去式」＋「ことがあります／ありません」形成表示經驗之有無的文法。

芸能人を 見た ことが あります。
曾看過藝人。

外国語を 習った ことが ありません。
不曾學過外語。

キムチを 作った ことが ありますか。
曾製作過泡菜嗎？

> **★ 單字**
>
> 芸能人 藝人
> 外国語 外語
> 習う 學習
> キムチ 泡菜

2

ドライブを したり
おいしい ものを 食べたり します。
或去兜風或吃美食。

1_198 MP3

☑ 〜たり、〜たり します （列舉）或〜或〜

將「動詞的過去式」的語尾改成「たり」的話，可表示「或〜（做某動作）或〜（做某動作）」，從進行的眾多動作中，不依發生順序地列舉出部分動作。

地下鉄に 乗ったり、歩いたり します。
搭地鐵或走路。

家で そうじを したり、料理を したり しました。
在家裡打掃或烹飪料理。

行ったり、きたり します。
一下過去，一下過來（來來去去）。

> **★ 單字**
>
> そうじ 打掃
> 料理 料理

📝 核心文法練習

○ 請用動詞過去式的文法來練習下列的句子。

1_199 MP3

勉強を した。
讀了書。

午後 一時に きた。
下午一點來了。

映画を 見た。
看了電影。

窓を 開けた。
開了窗。

車を 止めた。
停了車。

メールを 送った。
發送了電子郵件。

出張に 行った。
出差了。

日記を 書いた。
寫了日記。

家で 休んだ。
在家休息了。

友だちと 遊んだ。
跟朋友玩了。

★ 單字

窓を 開ける 開窗
車 汽車
止める 使…停
メール 電子郵件
送る 寄、發送
出張 出差
日記 日記
休む 休息
遊ぶ 玩

○ 請用**〜た ことが あります**的文法來練習下列的句子。

1_200 MP3

日本人<ruby>に<rt>に</rt></ruby>と 話<ruby><rt>はな</rt></ruby>した ことが あります。

にほんじん
はな

日本人と 話した ことが あります。
曾跟日本人講過話。

くるま うんてん
車を 運転した ことが あります。
曾開過車。

さけ の
お酒を 飲んだ ことが あります。
曾喝過酒。

た
すしを 食べた ことが ありますか。
曾吃過壽司嗎？

★ 單字

うんてん
運転する 開車

すし 壽司

○ 請用**〜たり、〜たり します**的文法來練習下列的句子。

1_201 MP3

ふく か えいが み
服を 買ったり 映画を 見たり します。
買買衣服或看看電影。

か け
書いたり 消したり しました。
一下寫，一下擦。

とも はな の
友だちと 話したり コーヒーを 飲んだり
します。 和朋友聊聊天或喝喝咖啡。

あ し
ドアを 開けたり 閉めたり しました。
一下開門，一下關門。

★ 單字

け
消す 擦除、抹除

あ
ドアを 開ける 開門

し
ドアを 閉める 關門

💬 實戰會話

 慢速朗讀 1_202 MP3

 常速朗讀 1_203 MP3

リ　　　なかたさん、最近　元気ですね。
　　　　何か　いい　ことでも　ありましたか。

なかた　実は、ぼく、恋人が　できました。

リ　　　本当ですか。おめでとうございます。
　　　　どうやって　知りあいましたか。

なかた　大学の　後輩です。

リ　　　そうですか。デートの　時、たいてい　何を　しますか。

なかた　ドライブを　したり、おいしい　ものを　食べたり　します。

リ　　　お台場に　行った　ことが　ありますか。

なかた　いいえ、行った　ことが　ありません。

リ　　　デートの　時、いい　場所ですよ。
　　　　恋愛、うらやましいですね。

⭐ 單字

最近 最近　　**何か** 有什麼　　**いい　こと** 好事　　**実は** 其實、事實上　　**恋人** 男、女朋友

できる 新產生的、交到（男、女朋友）　　**本当** 真的、著實　　**どうやって** 怎麼做　　**大学** 大學　　**知りあう** 相互認識

後輩 學弟、學妹、晚輩　　**デート** 約會　　**お台場** （地名）台場　　**場所** 地點　　**恋愛** 戀愛　　**うらやましい** 羨慕

李	中田先生，你最近神清氣爽耶！是不是有什麼好事之類呢？
中田	其實是我交到女朋友了。
李	真的嗎？恭喜，怎麼認識的？
中田	她是我大學學妹。
李	是嗎？約會時大多做些什麼？
中田	會去兜兜風，也會去吃吃美食。
李	有去過台場嗎？
中田	沒有，沒有去過。
李	那是適合約會的好地點。你戀愛了，真羨慕你呀！

📍 第一次出現的句子

● 何_{なに}か　什麼

何か　什麼

使用時，請不要跟「何_{なに}が」搞混。舉例來說，「何_{なに}が　食_たべたいですか（想吃什麼呢？）」是詢問對方具體上想吃哪項食物。但「何_{なに}か　食_たべたいですか（想吃些什麼嗎？）」則是詢問對方是否想吃個東西的意思。一字之差，往往就差了千百里遠了。

● 恋人_{こいびと}が　できました　交到男、女朋友了

「できる」的主要指「做得到」，但也可以表示「新出現了本來沒有之物」，該產生物可用來修飾包括人、物品在內的各種主體。在這個語言邏輯之下，這個場景自然就是指「交到」男、女朋友之意。再來看看其他的例子：

例　あかちゃんが　できた。有小孩了。
　　新_{あたら}しい　たてものが　できた。出現了新的建築物。

● どうやって　怎麼做

這句話是用來詢問進一步更具體的做事方法或手段。

 練習題

答案 p.212

1 請寫出下列中文單字的日語&日語單字的中文。

① 搭乘（交通工具） _____　④ 外国語 _____

② 獨自 _____　⑤ 遊ぶ _____

③ 戀人 _____　⑥ 出張 _____

2 請參考範例來完成下方表格。

⑨ 見る	みた	看了	上、下一段動詞
① 使う		使用了	五段動詞
② くる		來了	不規則動詞
③ 行く		去了	五段動詞
④ 乗る		搭乘了	五段動詞
⑤ 買う		買了	五段動詞
⑥ 持つ		持有了	五段動詞
⑦ 書く		寫了	五段動詞
⑧ 食べる		吃了	上、下一段動詞
⑨ 飲む		喝了	五段動詞
⑩ 入る		進去了	五段動詞

3 請參考範例來完成下列句子。

映画を 見る / コーヒーを 飲む

→ 映画を 見たり、コーヒーを 飲んだり します。

① そうじを する / 料理を 作る

→ ＿＿＿＿＿＿＿＿＿＿＿＿＿＿＿＿＿＿＿＿＿＿＿＿＿＿ 。

② 写真を とる / まちを 歩く

→ ＿＿＿＿＿＿＿＿＿＿＿＿＿＿＿＿＿＿＿＿＿＿＿＿＿＿ 。

③ お風呂に 入る / 本を 読む

→ ＿＿＿＿＿＿＿＿＿＿＿＿＿＿＿＿＿＿＿＿＿＿＿＿＿＿ 。

4 請在空格處填入適當的日語。

① 日本人と ＿＿＿＿＿＿＿＿ ことが ありますか。和日本人講過話嗎？

② ＿＿＿＿＿＿＿ きたり します。一下子去、一下子來（來來去去）。

③ さいふを ＿＿＿＿＿＿＿＿ 。忘了帶錢包。

④ キムチを ＿＿＿＿＿＿＿ ことが あります。曾經吃過泡菜。

5 請在聽完後選出適當的選項

1_204 MP3

① 陳小姐從未去過日本。（　　）

② 陳小姐曾在日本搭過電車。（　　）

ウナギ

鰻魚（ウナギ）

　　日本人在炎炎夏日，梅雨季節結束而濕度正高的「**土用**」，會吃鰻魚補身。土用的日語是どよう（漢字也是：土用），日本全國的鰻魚店在此時期總會異常地門庭若市。日本人熱愛的鰻魚不僅美味，生態也十分奇特，以科學角度來看也具有相當高的研究價值。

　　鰻魚的生活史與鮭魚相反，在海洋出生，但大部分時間都生活在河川裡，在繁殖期才會為了產卵而重返海洋。鰻魚在海洋中產卵並養育幼鰻，所以至今還沒有人親眼目睹過鰻魚的受精、孵化和成長過程，因為海洋過於遼闊，難以準確找到鰻魚的產卵和孵化地點，即使在科技發達的21世紀也難以辦到。除此之外，剛從卵孵化出來不久的鰻魚魚苗和稍微長大一點的鰻魚魚苗，就如同鯖魚、蜥蜴的幼體般，長得跟成體完全不同，所以很長一段時間都沒有人發現那就是鰻魚的魚苗。生在海洋，繁殖期會重返海洋的鰻魚確實屬魚類，但鰻魚也會爬上地面，甚至還會爬山，是充滿神秘感的生物之一。

14

UNIT

ナイフを 使^{つか}っても いいですか。

可以使用刀子嗎？

學習內容

- （做）〜也可以　〜ても いいです
- 不可以〜　〜ては いけません
- 表示動詞持續的狀態　〜て いる
- 事先〜、預先〜　〜て おく
- （做）看看〜　〜て みる
- （做）〜會比較好　〜た ほうが いい

請看圖預習本課之後將會用到的單字。

1_206 MP3

セーターを 着る
穿毛衣

ワンピースを 着る
穿連身裙

ぼうしを かぶる
戴帽子

くつを はく
穿鞋

スカートを はく
穿裙子

ベルトを する
繫腰帶

めがねを かける
戴眼鏡

エプロンを かける
穿圍裙

ネックレスを する
戴項鍊

1 ナイフを 使っても いいですか。

ナイフを 使_{つか}っても いいですか。

可以使用刀子嗎？

1_207 MP3

✅ ～ても いいです （做）～也可以

「動詞て形」＋「～も いいです」是表示「做～（某動作）也可以」的意思。後面接上表示疑問的「～か」，形成「～ても いいですか」的話，表示「做～（某動作）也可以嗎？」，是用來徵求允許的文法。

パソコンを 使_{つか}っても いいです。 可以使用電腦。

お弁当_{べんとう}を 食_たべても いいです。 可以吃便當。

教室_{きょうしつ}で 走_{はし}っても いいですか。 可以在教室裡奔跑嗎？

> **★ 單字**
>
> ナイフ 刀子
> お弁当_{べんとう} 便當
> 教室_{きょうしつ} 教室
> 走_{はし}る 跑

2 いいえ、使_{つか}っては いけません。

不可以，不能使用刀子。

1_208 MP3

✅ ～ては いけません 不可以～

表示「不可以～」，是禁止對方做某動作的文法。由「動詞て形」＋「～は いけません」組成。

パソコンを 使_{つか}っては いけません。 不可以使用電腦。

お弁当_{べんとう}を 食_たべては いけません。 不可以吃便當。

教室_{きょうしつ}で 走_{はし}っては いけません。 不可以在教室裡奔跑。

3 エプロンも かけて います。

也穿著圍裙。

1_209 MP3

✓ ～て いる　表示動詞持續的狀態

「～て いる」除了「現在進行式」之外，也能用來表示「動作持續的狀態或行為」的意思。以「エプロンも かけて います」來說，直譯是「（連）圍裙也穿著了」，但實際上要表達的是穿上圍裙後沒有再脫下，到目前還穿著的狀態，所以翻成「穿著」會比較自然。

上半身衣物、外套	下半身衣物、鞋子	飾品	帽子	眼鏡、圍裙
着る 穿	はく 穿	する 穿戴（做）	かぶる 戴	かける 戴、披

ワンピースを 着て います。穿著連身裙。

彼は くろい くつを はいて います。他穿著黑色鞋子。

彼女は めがねを かけて います。她戴著眼鏡。

> ★ 單字
>
> エプロンをかける
> 穿圍裙
>
> ワンピース 連身裙
> めがねをかける
> 戴眼鏡

4 テーブルの 上に 準備して おきました。事先準備好放在桌上了。

1_210 MP3

✓ ～て おく　事先～、預先～

「～て おく」的中文意思是「預先」，用來表示「事先、預先做好準備」之意。「おく」的漢字為「置く」，是表示「放置」的動詞，因在此句型中置於「～て」之後只當作補助動詞，故只能使用平假名。

田中さんに 電話して おきます。會事先打電話給田中先生。

そうじして おきました。預先打掃好了。

予約して おいて ください。請事先預約。

> ⓘ TIP
>
> 「～て おく」經常跟表示請求的文法「～ください」一起搭配使用結合成「～て おいてください」的句型，表達「請事先～」的意思。

> ★ 單字
>
> 電話する 打電話
>
> そうじする 打掃
>
> 予約する 預約

5 ## サンドイッチを 作って みましょう。

做看看三明治。

1_211 MP3

☑ ～て みる （做）看看～

「～て みる」的中文意思是「做看看～」，用來表達「嘗試做前動作」之意。這個句型中的「みる」是輔助動詞，所以不能寫漢字，只能使用平假名。

一度 食べて みます。 我會吃一次看看。

日本料理を 作って みます。 會做看看日本料理。

★ **單字**

サンドイッチ 三明治

一度 一次

日本料理 日本料理

6 ## しょうゆより しおを 入れた ほうが
いいですよ。 比起醬油，加鹽巴會比較好。

1_212 MP3

☑ ～た ほうが いい （做）～會比較好

「～た ほうがいい」表達「做～會比較好」，帶有「勸告、建議（前文的作法會比較好）」之意的文法。雖然使用了動詞的過去式，但在此句型不帶有過去或常體的意味。

早く 帰った ほうが いいです。
早點回去會比較好。

ゆっくり 休んだ ほうが いいです。
好好休息會比較好。

★ **單字**

しょうゆ 醬油

しお 鹽巴

入れる 加、放

ゆっくり
好好地、慢慢地

✎ 核心文法練習

○ 請用**〜ても いいです**的文法來練習下列的句子。

た
食べても いいです。
可以吃。（要吃也可以。）

1_213 MP3

つか
使っても いいです。
可以使用。（要使用也可以。）

★ 單字
つか
使う 使用、用
かえ
帰る 回去
あそ
遊ぶ 玩

かえ
帰っても いいです。
可以回去。（要回去也可以。）

あそ　　　　い
遊びに 行っても いいですか。
可以去玩嗎？（要去玩也可以嗎？）

○ 請用**〜ては いけません**的文法來練習下列的句子。

た
食べては いけません。
不可以吃。

1_214 MP3

しゃしん
写真を とっては いけません。
不可以拍照。

★ 單字
しゃしん
写真をとる 拍照

タバコをすう 抽菸

しばふ 草地、草坪
はい
入る 進入、進去

タバコを すっては いけません。
不可以抽菸。

はい
しばふに 入っては いけません。
不可以進入草坪。

請用〜て いる的文法來練習下列的句子。

1_215 MP3

めがねを かけて います。
戴著眼鏡。

ピアスを して います。
戴著耳環。

スカートを はいて います。
穿著裙子。

セーターを 着て います。
穿著背心。

★ 單字

めがねをかける
戴眼鏡

ピアスをする
戴耳環

スカートをはく
穿裙子

セーターを着る
穿背心

請用〜た ほうが いい的文法來練習下列的句子。

1_216 MP3

早く 行った ほうが いいです。
快點去會比較好。

ゆっくり 休んだ ほうが いいです。
好好休息會比較好。

薬を 飲んだ ほうが いいですよ。
吃藥會比較好。

あかい かばんを 買った ほうが いいです。
買紅色包包會比較好。

★ 單字

ゆっくり
好好地、慢慢地

薬を飲む 吃藥

💬 實戰會話

先生　みなさん、手を　洗いましたか。

学生1　はい、エプロンも　かけて　います。

先生　じゃ、今から　サンドイッチを　作って　みましょう。

学生2　先生、ナイフを　使っても　いいですか。

先生　いいえ、使っては　いけません。あぶないですよ。
　　　材料は　テーブルの　上に　準備して　おきました。

学生2　はい、分かりました。

学生1　先生、ゆで卵の　味が　うすいです。
　　　しょうゆを　入れても　いいですか。

先生　しょうゆより　しおを　入れた　ほうが　いいですよ。

学生1　はい、分かりました。

⭐ 單字

今から 從現在起　**ナイフ** 刀子　**あぶない** 危險　**材料** 材料　**準備する** 準備

分かる 知道、理解　**ゆで卵** 水煮蛋　**味** 味道　**うすい** 清淡的　**しょうゆ** 醬油　**しお** 鹽巴

老師	大家都洗手了嗎？
學生1	洗了，也穿著圍裙了。
老師	好的，現在開始做看看三明治。
學生2	老師，可以使用刀子嗎？
老師	不，不可以，刀子很危險。
	食材都已經預先準備好放在桌上了。
學生2	好的，知道了。
學生1	老師，水煮蛋的味道淡淡的，可以加醬油嗎？
老師	比起醬油，加鹽巴會比較好喲！
學生1	好的，知道了。

📍 第一次出現的句子

● **ゆで卵**（たまご）　水煮蛋

「ゆで卵（たまご）」由動詞「ゆでる（煮）」和名詞「卵（たまご）（雞蛋）」組合而成。
煎荷包蛋的日語是「目玉焼き（めだまやき）」，由意為「眼珠」的「目玉（めだま）」和動詞「焼き（や）（燒烤）」組合而成的名詞。日本人會這樣稱呼荷包蛋是因為取自蛋黃完整不破的煎蛋外觀模樣，十分有趣。

● **味が うすい**（あじ）　味道淡

這句是「食物的味道不濃，口味清淡」之意，這句話的反義詞是「味が こい（あじ）」，即「味道濃厚」之意。

 練習題

答案 p.213

1 請寫出下列中文單字的日語&日語單字的中文。

① 毛衣 _____   ④ 着る _____

② 穿（下半身衣物） _____   ⑤ くつ _____

③ 腰帶 _____   ⑥ エプロン _____

2 請參考範例來回答下列題目。

A: 写真を とっても いいですか。
B: はい、とっても いいです。
　　いいえ、とっては いけません。

① A: お酒を 飲んでも いいですか。
　 B: はい、_____。
　　 いいえ、_____。

② A: タバコを すっても いいですか。
　 B: はい、_____。
　　 いいえ、_____。

③ A: しばふに 入っても いいですか。
　 B: はい、_____。
　　 いいえ、_____。

3 請參考範例，依圖回答下列題目。

はなこ（花子）

① はなこさんは　めがねを

　　_____。

② はなこさんは　あおい　スカートを

　　_____。

③ はなこさんは　ベルトを

　　_____。

4 請在空格處填入適當的日語。

① 早く（はや）_____　ほうが　いいです。快點回去會比較好。

② セーターを　_____　います。穿著毛衣。

③ この　パソコン、_____　いいですか。可以使用這台電腦嗎？

④ ここで　写真を（しゃしん）　とっては　_____。這裡不可以拍照。

1_219 MP3

5 請在聽完後選出適當的選項。

① 女の（おんな）　人は（ひと）　ねつが　あります。（　　）

② 女の（おんな）　人は（ひと）　薬屋に（くすりや）　行きました。（い）（　　）

UNIT **14**　ナイフを　使っても　いいですか。　　203

這句話的常體說法是什麼呢？

1_220 MP3

○ パソコン、使っても いい。
　　　　つか
可以使用電腦。

パソコン、使っては いけない。　✕
　　　　つか
不可以使用電腦。

ワンピースを
着て いる。
き
正穿著連身裙。

彼は くろい くつを
かれ
はいて いる。
他穿著黑色鞋子。

彼女は めがねを
かのじょ
かけて いる。
她戴著眼鏡。

練習題
解答篇

01 わたしは がくせいです。

1 ① がくせい　　④ 名字
　　② かいしゃいん　⑤ 日本人
　　③ ともだち　　⑥ 我

2 ① A スミスさんは かいしゃいんですか。
　　　B はい、スミスさんは かいしゃいんです。

　　② A はやしさんは がくせいですか。
　　　B はい、はやしさんは がくせいです。

　　③ A かれは えいごの せんせいですか。
　　　B はい、かれは えいごの せんせいです。

3 ① A ゆきさんは せんせいですか。
　　　B いいえ、ゆきさんは せんせいじゃ
　　　　ありません。

　　② A オさんは アメリカじんですか。
　　　B いいえ、オさんは アメリカじんじゃ
　　　　ありません。

　　③ A トマトは くだものですか。
　　　B いいえ、トマトは くだものじゃ
　　　　ありません。

4 ① かれも べんごしですか。
　　② わたしの なまえは ゆきです。
　　③ こちらは はやしさんです。
　　④ スミスさんは えいごの せんせいです。

5 ②

MP3對話
A はじめまして。わたしは リシケツです。
B ① はい、わたしは やまだです。
　　② はじめまして。わたしは やまだです。
　　③ いいえ、わたしは やまだじゃ ありません。

A 初次見面，我是李志傑
B ① 嗯，我是山田。
　　② 初次見面，我是山田。
　　③ 不，我不是山田。

02 なんじですか。

1 ① ごぜん　　　④ 測驗、考試
　　② あした　　　⑤ 會議
　　③ なんじ　　　⑥ 課程

2 ① A いまは なんじですか。
　　　B いまは よじ ごじゅうごふんです。

　　② A いまは なんじですか。
　　　B いまは じゅうにじ さんじゅっぷんです。
　　　　いまは じゅうにじ さんじっぷんです。
　　　　いまは じゅうにじ はんです

　　③ A いまは なんじですか。
　　　B いまは ろくじ よんじゅっぷんです。
　　　　いまは ろくじ よんじっぷんです。

3 ① A やすみは いつから いつまでですか。
　　　B きんようびから にちようびまでです。

　　② A かいぎは なんじから なんじまでですか。
　　　B ごご さんじから ごじまでです。

　　③ A テストは いつから いつまでですか。
　　　B かようびから もくようびまでです。

4 ① きょうは なんようびですか。
　　② いま、なんじ なんぷんですか。
　　③ ごぜん しちじです。
　　④ じゅぎょうは げつようびから きんようびまで
　　　です。

5 ②

A かいぎは なんじからですか。

B ① ごごです。

　② さんじからです。

　③ よじまでです。

A 會議是從幾點開始？

B ① 是下午。

　② 從三點開始。

　③ 到四點為止。

A あれは なんですか。

B ① あれは とけいじゃ ありません。

　② あれは わたしの けいたいです。

　③ それは かばんです。

A 那個是什麼呢？

B ① （較遠的）那個不是時鐘。

　② （較遠的）那個是我的手機。

　③ 那個是包包。

03 たんじょうびは きのうでした。

1 ①たんじょうび　　④兒童節、男兒節
　②にゅうがくしき　⑤新年、元旦
　③きのう　　　　　⑥聖誕節

2 ①A それは なんですか。
　　B これは けいたいです。

　②A あれは なんですか。
　　B あれは ぼうしです。

　③A これは なんですか。
　　B それは えんぴつです。

3
1日	2日	3日	4日	5日
ついたち	ふつか	みっか	よっか	いつか
6日	7日	8日	9日	10日
むいか	なのか	ようか	ここのか	とおか

4 ①きのうは やすみでしたか。
　②いいえ、やすみじゃ ありませんでした。
　③クリスマスは じゅうにがつ にじゅうご
　　にちです。
　④たんじょうびは はつかでした。

5 ②

04 まじめな ひとです。

1 ①おとうと　　　④健康的、有活力的
　②ハンサムだ　　⑤（我的）姊姊
　③ひまだ　　　　⑥簡單的

2 ①A やまださん、だいじょうぶですか。
　　B はい、だいじょうぶです。
　　　いいえ、だいじょうぶじゃ ありません。

　②A おしごとは たいへんですか。
　　B はい、たいへんです。
　　　いいえ、たいへんじゃ ありません。

　③A この けいたいは べんりですか。
　　B はい、べんりです。
　　　いいえ、べんりじゃ ありません。

3 ①かのじょは すてきな ともだちです。
　②かれは まじめな がくせいです。
　③スミスさんは げんきな ひとです。

4 ①だいじょうぶですか。
　②しごとは たいへんじゃ ありません。
　③この もんだいは かんたんです。
　④その しゃしんは すてきな しゃしんです。

5 ③

MP3對話

A この ひとは だれですか。

B ① この ひとは わたしの おとうとです。

② その ひとは わたしの おとうとさんです。

③ その ひとは わたしの おとうとです。

A 這位是誰呢？

B ① 這位是我弟弟。

② 那位是我的弟弟（日文為尊敬稱呼）。

③ 那位是我的弟弟。

05 あの あかい かばん、かわいいですね。

1 ① ちかい　　　④ 遠的

② おおきい　　⑤ 暗的

③ からい　　　⑥ 好吃的

2 ①A この かばんは たかいですか。

B はい、たかいです。

いいえ、たかく ありません。

②A あの えいがは おもしろいですか。

B はい、おもしろいです。

いいえ、おもしろく ありません。

③A かいしゃは ちかいですか。

B はい、ちかいです。

いいえ、ちかく ありません。

3 ① さむい ふゆです。

② おもしろい ほんです。

③ たかい とけいです。

4 ① へやは ひろいですか。

② てんきが よく ありません。

③ からい ラーメンです。

④ その かばんは ろくせん はっぴゃく

えんです。

5 ②

MP3對話

A スミスさんの かばんは どんな かばんですか。

B おおきい かばんです。

A 史密斯先生的包包是怎麼樣的包包呢？

B 是大型包包。

06 海が きれいで、あつい ところです。

1 ① きれいだ　　④ 新的

② あつい　　　⑤ 喜歡

③ じょうずだ　⑥ 窄的

2 ① 有名で にぎやかです。

② まじめで、元気です。

③ さむくて くらいです。

④ 辛くて おいしいです。

3 ①A けいたいと パソコンと どちらが べんり

ですか。

B パソコンより けいたいの ほうが べんり

です。

②A たなかさんと リさんと どちらが

りょうりが 上手ですか。

B たなかんより リさんの ほうが

りょうりが 上手です。

③A かばんと 本と どちらが 大きいですか。

B 本より かばんの ほうが 大きいです。

4 ① ゆきは まじめで、うんてんも 上手です。

② かれは あたまが よくて、せが 高いです。

③ 私は うんてんが きらいで、りょうりも

下手です。

④ サッカーと テニスと どちらが 好きですか。

5 ①

MP3對話

A はなこさん、ピザと ハンバーガーと どちらが 好きですか。

B 私は ピザより ハンバーガーの ほうが 好きです。

A 花子小姐，披薩跟漢堡，妳喜歡哪一個呢？

B 比起披薩，我更喜歡漢堡。

07 とても 楽しかったです。

1 ① ホテル　　　④ 學校
　　② ぎんこう　　　⑤ 公園
　　③ 不便 (だ)　　　⑥ 愉快的

2 ① A デパートは にぎやかでしたか。
　　　 B いいえ、にぎやかじゃ ありませんでした。
　　② A こうつうは 便利でしたか。
　　　 B はい、便利でした。
　　③ A ホテルは きれいでしたか。
　　　 B いいえ、きれいじゃ ありませんでした。

3 ① A てんきは よかったですか。
　　　 B いいえ、よく ありませんでした。
　　② A 映画は おもしろかったですか。
　　　 B いいえ、おもしろく ありませんでした。
　　③ A りょこうは 楽しかったですか。
　　　 B はい、楽しかったです。

4 ① びょういんは あそこです。
　　② ぎんこうは どこですか。
　　③ 食べ物の 中で 何が 一番 好きですか。
　　④ 映画の 中で 何が 一番 おもしろかったですか。

5 ②

MP3對話

A たかはしさん、子どもの 時、やさいが 好きでしたか。

B いいえ、やさいは 好きじゃ ありませんでした。

A 今は 好きですか。

B 今も 好きじゃ ありません。

A 李先生，你小時候喜歡吃蔬菜嗎？

B 不，不喜歡蔬菜。

A 現在喜歡嗎？

B 現在也不喜歡。

08 テーブルの 上に あります。

1 ① 右　　　　④ 左邊
　　② お菓子　　　⑤ 誰
　　③ 外　　　　⑥ 後

2 ① けいたいと ノートと けしゴムが あります。
　　② かばんと かさが あります。
　　③ 五つ あります。

3 ① 二人 います。
　　② 三人です。
　　③ 女の 人が 一人 います。

4 ① だれも いませんか。
　　② じむしつは 十階に あります。
　　③ つくえの 下に かばんが あります。
　　④ きょうしつの 中に 学生が ２０人 います。

5 ②

MP3對話

A あの、すみません。トイレは どこに ありますか。

B エレベーターの よこです。

A かいぎしつは どこですか。

B かいぎしつは 3階に あります。

A 不好意思，請問廁所在哪裡呢？

B 在電梯旁邊。

A 會議室在哪裡呢？

B 會議室在3樓。

④ 何時に 寝ますか。

5 A③ B④ C② D①

MP3對話

① ききます。　　① 聽
② 帰ります。　　② 回去
③ 飲みます。　　③ 喝
④ 話します。　　④ 談論、講話

09 週末は たいてい 何を しますか。

1

① 寝る	ねる	就寢	上、下一段動詞
② 洗う	あらう	洗	五段動詞
③ 行く	いく	去	五段動詞
④ くる	くる	來	不規則動詞
⑤ 入れる	いれる	放入	上、下一段動詞
⑥ 話す	はなす	談論、講	五段動詞
⑦ 書く	かく	寫	五段動詞
⑧ 食べる	たべる	吃	上、下一段動詞
⑨ 飲む	のむ	喝	五段動詞
⑩ 作る	つくる	製造	五段動詞

2 ① きます
② おしえます
③ 入ります
④ およぎます

3 ①A たまに 映画を 見ますか。
　B いいえ、よく 見ます。
②A 今日 おそく 帰りますか。
　B いいえ、はやく 帰ります。
③A 朝 はやく 起きますか。
　B いいえ、おそく 起きます。

4 ① 誰と 音楽を ききますか。
② 私は まいあさ、新聞を 読みます。
③ 週末、友だちと 山に 行きます。

10 家で 勉強を しました。

1 ① きく　　　　④ 電話
② ゆうべ　　　　⑤ 地鐵
③ タバコをすう　⑥ 喝

2 ①A よく 映画を 見ますか。
　B いいえ、あまり 見ません。
②A ときどき タバコを すいますか。
　B いいえ、ぜんぜん すいません。
③A よく 音楽を ききますか。
　B いいえ、あまり ききません。

3 ①A 昨日、そうじを しましたか。
　B いいえ、しませんでした。
②A 昨日、かばんを 買いましたか。
　B いいえ、買いませんでした。
③A ゆうべ、シャワーを あびましたか。
　B いいえ、あびませんでした。

4 ① どこで 本を 読みますか。
② 先週、友だちが 日本に(へ) 帰りました。
③ 学校まで 電車で きます。
④ どこに(へ) 行きますか。

5 ①,③

りさんは 昨日(きのう)、東京(とうきょう)で 友(とも)だちに
会(あ)いました。友(とも)だちと カフェに 行(い)きました。
友(とも)だちは コーヒーを 飲(の)みましたが、りさんは
飲(の)みませんでした。音楽(おんがく)も ききました。いっ
しょに まんがも 読(よ)みました。夜(よる)8時(はちじ)に 地(ち)
下鉄(かてつ)で 家(いえ)に 帰(かえ)りました。

李先生昨天在東京見了朋友。和朋友一起去
咖啡廳。朋友喝了咖啡,但李先生沒有喝。
還聽了音樂,一起看了漫畫。晚上八點搭地
鐵回家了。

11 食事に 行きませんか。

1 ①ドライブ ④買東西、購物
②お風呂(ふろ)に入(はい)る ⑤散步
③新聞(しんぶん) ⑥出去、外出

2 ①ごはんを 食(た)べませんか。
ごはんを 食(た)べましょうか。

②散步(さんぽ)を しませんか。
散步(さんぽ)を しましょうか。

③映画(えいが)を 見(み)に 行(い)きませんか。
映画(えいが)を 見(み)に 行(い)きましょうか。

④買(か)い物(もの)に 行(い)きませんか。
買(か)い物(もの)に 行(い)きましょうか。

3 ①A 日本(にほん)に 行(い)きたいですか。
B はい、行(い)きたいです。

②A おすしが 食(た)べたいですか。
B いいえ、食(た)べたく ありません。

③A 友(とも)だちに 会(あ)いたいですか。
B はい、会(あ)いたいです。

4 ①音楽(おんがく)を 聞(き)きながら コーヒーを 飲(の)みます。
②ドライブでも しませんか。
③デパートに 服(ふく)を 買(か)いに 行(い)きましょうか。
④あたたかい お茶(ちゃ)が 飲(の)みたいです。

5 ①

A なかやまさん、明日(あした) 一緒(いっしょ)に 映画(えいが)を 見(み)に
行(い)きませんか。
B すみません、明日(あした)は ちょっと…。
やくそくが あります。
A 来週(らいしゅう)の 土(ど)ようびは どうですか。
B はい、いいですね。来週(らいしゅう)の 土(ど)ようびに 行(い)
きましょう。
A 映画(えいが)を 見(み)ながら ポップコーンでも 食(た)べま
しょうか。
B ええ、そうしましょう。

A 中山先生,明天要不要一起去看電影呢?
B 抱歉,明天可能不太行…
A 那下個禮拜六如何?
B 嗯,好啊。下個禮拜六去吧!
A 一邊看電影一邊吃爆米花好嗎?
B 嗯,好的。

12 早く 準備して ください。

1 ①電気(でんき) ④洗
②歯(は)をみがく ⑤照片
③早(はや)く ⑥關窗

2

①寝る	ねて	因為就寢、就寢了之後	上、下一段動詞
②泳ぐ	およいで	因為游泳、游泳了之後	五段動詞
③死ぬ	しんで	因為死、死了之後	五段動詞

④ 話す	はなして	因為談論、談論了之後	五段動詞
⑤ 歌う	うたって	因為唱、唱了之後	五段動詞
⑥ 聞く	きいて	因為聽、聽了之後	五段動詞
⑦ する	して	因為做、做了之後	不規則動詞
⑧ 待つ	まって	因為等、等了之後	五段動詞
⑨ 洗う	あらって	因為洗、洗了之後	五段動詞
⑩ 帰る	かえって	因為回去、回去了之後	五段動詞

3 ① 今、顔を 洗って います。
② 今、写真を とって います。
③ 今、パソコンを 使って います。

4 ① 部屋に 入って ください。
② 写真を とって ください。
③ 今、日記を 書いて います。
④ 公園を 走って います。

5 A すずき　B たなか　C リ
D きむら　E ゆり

MP3對話

ゆりさんは ジュースを 飲んで います。
たなかさんは 写真を とって います。
リさんは 音楽を 聞いて います。
すずきさんは 寝て います。
きむらさんは お菓子を 食べて います。

百合小姐正在喝果汁。
田中先生正在拍照。
李先生正在聽音樂。
鈴木先生正在睡覺。
木村先生正在吃餅乾。

13 お台場に 行った ことが ありますか。

1 ① 乗る　　　　④ 外語
② 一人で　　　⑤ 玩
③ 恋人　　　　⑥ 出差

2

① 使う	つかった	使用了	五段動詞
② くる	きた	來了	不規則動詞
③ 行く	いった	去了	五段動詞
④ 乗る	のった	搭了	五段動詞
⑤ 買う	かった	買了	五段動詞
⑥ 持つ	もった	持有了	五段動詞
⑦ 書く	かいた	寫了	五段動詞
⑧ 食べる	たべた	吃了	上、下一段動詞
⑨ 飲む	のんだ	喝了	五段動詞
⑩ 入る	はいった	進去了	五段動詞

3 ① そうじを したり、料理を 作ったり します。
② 写真を とったり、まちを 歩いたり します。
③ お風呂に 入ったり、本を 読んだり します。

4 ① 日本人と 話した ことが ありますか。
② 行ったり きたり します。
③ さいふを 忘れた。
④ キムチを 作った ことが あります。

5 ①

MP3對話

りか　チンさんは 日本に 行った ことが あ
　　　りますか。
チン　いいえ、行った ことが ありません。
　　　一度 行きたいです。
りか　日本に 行って、何が したいですか。
チン　地下鉄に 乗ったり、おいしい 料理を
　　　食べたり したいです。

里香　陳小姐去過日本嗎？
陳　沒有，我沒去過，很想去一次。
里香　去日本想做些什麼呢？
陳　想搭看看地鐵或吃些美味的料理。

14 ナイフを 使っても いいですか。

1　①セーター　　　④（上半身衣物）穿
　　②はく　　　　　⑤鞋子
　　③ベルト　　　　⑥圍裙

2　①A お酒を 飲んでも いいですか。
　　　B はい、飲んでも いいです。
　　　　 いいえ、飲んでは いけません。

　　②A タバコを すっても いいですか。
　　　B はい、すっても いいです。
　　　　 いいえ、すっては いけません。

　　③A しばふに 入っても いいですか。
　　　B はい、入っても いいです。
　　　　 いいえ、入っては いけません。

3　①はなこさんは めがねを かけて います。
　　②はなこさんは あおい スカートを はいて
　　　います。
　　③はなこさんは ベルトを して います。

4　①早く 帰った ほうが いいです。
　　②セーターを 着て います。
　　③この パソコン、使っても いいですか。
　　④ここで 写真を とっては いけません。

5　①

　　MP3對話
　　女 あたまが いたいです。ねつも あります。
　　　　この 薬、飲んでも いいですか。
　　男 この 薬は 風邪薬じゃ ありません。
　　　　飲んでは いけません。
　　女 すみませんが、薬屋に 行って 風邪薬を
　　　　買って きて ください。
　　男 病院に 行った ほうが いいですが、
　　　　時間が ありませんね。買って きます。

女　頭痛，又發燒，可以吃這個藥嗎？
男　這個不是感冒藥，不可以吃。
女　抱歉，請去藥局幫我買感冒藥。
男　雖然去醫院會比較好，但沒時間了，我去
　　幫你買吧！

memo

memo

台灣廣廈 國際出版集團
Taiwan Mansion International Group

國家圖書館出版品預行編目（CIP）資料

全新開始！學日語(QR碼行動學習版)/劉世美著. -- 修訂一版.
-- 新北市：國際學村出版社, 2024.08
　　面；　公分
ISBN 978-986-454-372-4(平裝)

1.CST: 日語 2.CST: 讀本

803.18　　　　　　　　　　　　　　113009545

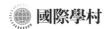 **國際學村**

全新開始！學日語【QR碼行動學習版】

作　　者／劉世美	編輯中心編輯長／伍峻宏
譯　　者／許竹瑩	編輯／王文強
審　　定／小堀和彥	封面設計／林珈仔・內頁排版／東豪印刷事業有限公司
	製版・印刷・裝訂／東豪・弼聖・秉成

行企研發中心總監／陳冠蒨　　　　　線上學習中心總監／陳冠蒨
媒體公關組／陳柔彣　　　　　　　　數位營運組／顏佑婷
綜合業務組／何欣穎　　　　　　　　企製開發組／江季珊、張哲剛

發　行　人／江媛珍
法律顧問／第一國際法律事務所 余淑杏律師・北辰著作權事務所 蕭雄淋律師
出　　版／國際學村
發　　行／台灣廣廈有聲圖書有限公司
　　　　　地址：新北市235中和區中山路二段359巷7號2樓
　　　　　電話：（886）2-2225-5777・傳真：（886）2-2225-8052
讀者服務信箱／cs@booknews.com.tw

代理印務・全球總經銷／知遠文化事業有限公司
　　　　　地址：新北市222深坑區北深路三段155巷25號5樓
　　　　　電話：（886）2-2664-8800・傳真：（886）2-2664-8801
郵政劃撥／劃撥帳號：18836722
　　　　　劃撥戶名：知遠文化事業有限公司（※單次購書金額未達1000元，請另付70元郵資。）

■ 出版日期：2024年08月　　　ISBN：978-986-454-372-4

힘내라 ! 독학 일본어 첫걸음
Copyright © 2017 by Yu semi
Original Korea edition published by Darakwon, Inc.
Taiwan translation rights arranged with Darakwon, Inc.
Through M.J Agency, in Taipei
Taiwan translation rights © 2024 by Taiwan Mansion Publishing Co., Ltd.